D1660895

Maria Denicke

Die Landdoktorin

Herzlichst für
Frau Radtke
Ihre [illegible]

Maria Denicke

Die Landdoktorin

Geschichten um eine Landarztpraxis

Mit Bildern
von Josef Wahl

Verlagsanstalt »Bayerland« Dachau

Verlag und Gesamtherstellung:
Druckerei und Verlagsanstalt »Bayerland« GmbH
8060 Dachau 2, Konrad-Adenauer-Straße 19

Printed in Germany · ISBN 3-89251-136-5

Inhalt

Einstand zum Bauerndoktor . . . 7
Der wissensdurstige Leitner-Seppi . . . 11
Inser Hausdoktor . . . 13
Der Rucksackdoktor oder Die Lust im Stall . . . 16
. . . bloß müd soll er sein . . . 20
Öha! . . . 23
Das Gfrett mit den Jungfrauen . . . 25
A Löcherl höher . . . 30
Öha, des geht z' weit . . . 31
Feuerbestattung . . . 32
Das Wunder des heiligen Florian . . . 34
Unsere eigene Leonhardifahrt . . . 36
Die stattliche Frau Moserl – ein Kapitel für sich . . . 40
Postume Hymne an Hochwürden . . . 41
Das soziale Mitleid . . . 43
Liebe, medizinisch . . . 45
Weihnachten . . . 52
Frauen stark im Kommen . . . 55
Die verdammte Technik . . . 57
Die vorgezogene Geisterstunde . . . 59
Lupus – der Wolf . . . 63
Wolfsöd oder Die vernagelte Welt . . . 66
Tu was . . . 68
Die Gutsherrin . . . 70
Ein Schnapstag . . . 74
Das undurchsichtige Fräulein Elvira . . . 76
Mein väterliches Versagen . . . 78
Vor Rehen wird gewarnt . . . 80
Das Für . . . 83
Tollwut . . . 90
Das verräterische Röntgenbild . . . 94
Die Jagdvergabe . . . 96
Umleitungen . . . 100
's Marterl . . . 104
Sherlock Holmes, hilf . . . 105

Einstand zum Bauerndoktor

Öha, wir ziehen aufs Land und bewirtschaften unseren Bauernhof selber!
Wir: das sind mein Ehegespons, meine Tochter und ich. Sofort kündige ich meine chirurgische Assistentenstelle und bin voll Begeisterung für das Dasein eines Bauerndoktors!
Der allseits beliebte Martl-Doktor im Nachbardorf hat schon ein bisserl den Wehdam im Kreuz und möchte fürderhin der Ruhe pflegen: er will mir partout die Praxis übergeben.
Aber wie ich mir den Martl-Doktor, den allseits beliebten, so anschaue, fliegt mich schockartig große Angst an – ob ich, ein Weiberleut, auch so bei den Bauern ankommen werde wie der Martl-Doktor? Denn der schaut aus wie ein Bilderbuch-Doktor: schlohweißes Haar, rosige Apfelbäckchen, verschmitzt lächelnde Augen, stets eine adrette Fliege unterm Kinn und ein blütenweißes Hemd, die ausgebeulten Kordhosen spannen überm kleinen Bäuchlein und die festen Halbschuhe weisen deutliche Spuren vom Landleben auf.
Deprimiert stelle ich die Frage nach dem weiblichen Gegenstück: strenger Haarknoten, Brille der Gelehrsamkeit, großrahmig, kräftig, von robustester Gesundheit. Tweedröcke, Wollstrümpfe und zwiefach genähte Sportschuhe geben kund, daß der Solidität vor jedem modischen Firlefanz eindeutig der Vorzug gegeben wird.
O Gott, o Gott, mir graust! Und wenn der Erfolg meiner zukünftigen Landpraxis davon abhängt, nie komme ich dieser lieblichen Maske gleich, ich mit meiner ranken Höhe von einem Meter sechzig und einem knappen Zentner Lebendgewicht.
Nie werde ich denselben Erfolg wie der Martl-Doktor verbuchen können! Lauthals klage ich es ihm.
„Tun S' mich halt ein paar Wochen vertreten – ich geh' derweil in den Urlaub – und Sie können geruhsam schaun, ob's Ihnen gfallt und ob S' bei de Leutln ankommen", rät er mir.
Nicht schlecht, dieser Vorschlag zum Probelauf! Und mich springt gleich eine gloriose Idee an: wenn ich in überzogen großstädtischer Aufmachung und voller Kriegsbemalung von den Landmenschen angenommen werden sollte, was soll bei meiner zukünftigen Karriere als Bauerndoktorin dann noch schiefgehen? Der Martl-Doktor wischt sich ein Tränchen aus den Lachfalten des Augenwinkels und fährt in den wohlverdienten Urlaub.
Im todschicken weißen Hosenanzug halte ich Sprechstunde, und die Leute kommen recht zahlreich. Aus purer Neugierde?
Ein später Winter mit viel nassem Schnee und aufgeweichten Straßen ist gekommen und hat den zarten Frühling wieder vertrieben. Mit hocheleganten Lackstiefelchen und Pelzmantel fahre ich – durchaus passend bekleidet – übers Land auf Hausbesuche.
Dann – Ende März – werde ich zur Großmutter auf einem Hof weit außerhalb des Dorfes gerufen. Nur mühsam pflügt sich mein Auto durch die

schmelzenden Schneeplacken und erklimmt keuchend den Hügel, auf dem der Bauernhof liegt, direkt vor der blauen Kette der Voralpen.
Immerhin habe ich zu diesem Zeitpunkt schon die Erfahrung gemacht, daß Bauernhaustüren fast stets fest und klingellos verschlossen sind und nur zu besonderen Anlässen benutzt werden. Der Besuch eines Doktors ist kein besonderer Anlaß! Also fahre ich bis vor die Stalltür und balanziere – die schwere Arzttasche in der Hand – vorsichtig in meinen hochhackigen Lackstiefelchen über die Kuhfladen hinweg und werde flüchtig, als eine Kuh in meiner Höhe den Schwanz lüftet. Fast unbefleckt erreiche ich die Türe, die geradewegs in den Hausflur führt.
Laut rufe ich nach der Bäurin, die prompt mit hochroten Backen aus der Küche gestürzt kommt. Ich stelle mich als die Vertretung des Martl-Doktors vor und frage nach der Großmutter.
Die Augen der Bäurin verengen sich zu Sehschlitzen, sie mustert mich ausgiebig und unerbittlich und ihre ganze Person drückt Ablehnung gegen alles Fremde im allgemeinen und im speziellen gegen mich aus. Wortkarg führt sie mich die Treppe hinauf in die Kammer der Großmutter und läßt mich keinen einzigen Augenblick unbeobachtet, während ich mich um die Alte bemühe, sie untersuche und behandle.
Ich tue, als bemerkte ich ihr Mißtrauen nicht, und wende alle Aufmerksamkeit der Großmutter zu, die eine schwere Lungenentzündung hat und mit deren Herzen es auch nicht zum besten steht. Aus meiner Arzttasche entnehme ich Ampullen und Einwegspritzen und bin heilfroh, als die Injektionsnadel sofort die Vene findet.
Der Bäurin entgeht nichts, nicht die kleinste Kleinigkeit, unverhohlen mustert sie den Inhalt meiner Tasche, registriert jede meiner Bewegungen und Handlungen und setzt allem größtes Mißtrauen entgegen, während die Alte – für jede Hilfe dankbar – ständig vor sich hinmurmelt: „... bloß net ins Krankenhaus, sterbn möcht i dahoam ..."
Ich versichere der Großmutter, daß sie nicht zu sterben brauche – jetzt noch nicht – und daß ich sie so lange wie vertretbar daheim behandeln werde. Dann verpacke ich meine Instrumente wieder in die Tasche und schreibe noch ein Rezept. Der Alten verspreche ich, am nächsten Tag wiederzukommen; dann gehe ich aus der Kammer und wende mich der Stiege zu.
Die Jungbäurin folgt mir und mitten auf der Stiege wird sie mit einem Mal gesprächig: sie fragt mich nach weiteren Anordnungen betreffs der Pflege und ich gebe sie ihr genau und ausführlich.
Im Hausflur angekommen, drehe ich mich ganz selbstverständlich der Stalltür zu, doch die Bäurin bleibt abrupt stehen, zwingt mich zum Halten und fragt: „An Martl-Doktor vertretn S' also! Is er jetza in Urlaub ganga? Sagn S', wohna Sie vielleicht im Haus vom Martl-Doktor?"
„Naa, naa, i wohn net beim Martl-Doktor!"
„Jetza, des is lustig: Sie san so gstadterisch anzogn und redn do bayrisch!"
„Freilich, i bin doch aus München!"
„Aah, drum! – Fahrn S' dann allerweil von München da raus? Jeden Tag?"
„Naa, i bleib schon da!"
„Jaaa, wo wohnen S' nachher?"
„Am Jagerhof drüben, wenn S' wissn, wo der is."
„Freile woaß i des: den kennt jeds Kind! – Am Jagerhof! So, so! – Oh jegerl, des hätt i wirkli net denkt, daß die da drent aa scho so notig san, daß vermietn!"
Während ihrer Fragerei hat die Bäurin eine weitere Körperdrehung gemacht und ist langsam in Richtung zur Haustüre gegangen.
Nach ihrer Feststellung über die Armseligkeit derer vom Jagerhof ist es an mir, dümmlich zu fragen: „Wieso vermietn die?"
„Ja, wo Sie doch da drent wohna!"
„Mein Gott, die vermieten doch net!"
„Ja, warum wohnen S' nachher dort?" beharrt sie, Triumph in der Stimme.
„Ja, weil uns doch der Jagerhof ghört!"
Stille! – Gedanken mahlen.
„Ja, nachher bist du ja aa a Bäurin!" sagt sie fast jubelnd und sperrt die Augen auf. Weit reißt sie die Haustür auf und geleitet mich bis ans Auto.
„Also, pfüa di nachher und kimm bald wieda!"
Am 1. Juli ist der Martl-Doktor zu meinem Vorgänger geworden und ich eröffne meine eigene Landarztpraxis.

Blick auf den Blomberg

Der wissensdurstige Leitner-Seppi

Als ich mich am Morgen der Praxiseröffnung zum ersten Mal vom Jagerhof aus auf den Weg mache, sehe ich kaum etwas von diesem strahlenden Sommermorgen, nichts von dem blühenden Hochmoor mit den frühlingshaften Birken, die die Straße zu beiden Seiten säumen und nichts von der blauen Kette der Alpen, die mich zur Rechten begleitet. Ich denke vielmehr an Ludwig Thoma, diesen hinreißenden bayrischen Dichter, und ob es mir ebenso ergehen würde wie ihm, als er damals seine Rechtsanwaltspraxis in Dachau eröffnete und zum ersten Mal an seinem funkelnagelneuen, geräumigen Schreibtisch saß. Und da dieser eine entsetzliche Leere aufwies, schaute Thoma zum Fenster hinaus, das einen großen Platz überblicken ließ. In seiner verzweifelten Langeweile schätzte er die den Platz überquerenden Leute danach ein, ob nicht endlich einer so ausschauen möchte, als ob er einen Rechtsanwalt dringend nötig hätte.

In der Praxis angekommen springt mir aber schon Schwester Hilda entgegen, fuchtelt aufgeregt mit den Armen: „Schnell, Frau Doktor, fünf Patienten warten schon!"

Die Erinnerung an die ersten Patienten ist in der Spannung des Neubeginns untergegangen, aber der fünfte Patient ist mir genau im Gedächtnis haften geblieben: es ist der Leitner-Seppi, ein kleines, dürres Männlein.

Noch auf der Türschwelle des Sprechzimmers bleibt er stehen und läßt seine dunklen Äuglein flink umherwandern. Ich bin sicher, kein einziger Gegenstand entkommt seiner Abschätzung. Erst nachdem er auch mich gründlichst gemustert hat, schiebt er sich in den Raum, nimmt auf dem Besucherstuhl vor meinem Schreibtisch Platz und glättet umständlich die Bügelfalten in der Hose seines feinen Trachtenanzügerls. Der bayrischen Sitte gemäß hat er den grünen Sonntagsvelourhut auf dem Kopf gelassen. Recht vorwitzig schaut sein siebzigjähriges, faltenübersätes Gesicht unter dem Hut hervor. Das einzig Volle, Rundliche in seinem Gesicht ist sein kohlschwarz gewichster Schnauzbart.

Ich frage ihn, was ich für ihn tun könne.

„Tja", sagt er geruhsam, schaut mich schmunzelnd an und schiebt mit seinem vom Rauchen gelb gewordenen Finger seinen Hut von der Stirn ein wenig in den Nacken. Dies wirkt ungemein unternehmungslustig.

„Tja", sagt er wieder, „Doktrin, was fehlt mir eigentli? – Woaßt, gestern war doch die Primiz bei uns auf'm Dorf und auf der Gmoawiesn war die Mess gwesen und d' Sonn hat schön gschienen und i hab koan Hut aufghabt – könnt 's nachher net mögli sei, daß i an Sonnenstich kriagt hab? – Ja, ja, des waar scho mögli!"

In meinem Kopf leuchtet ein Warnsignal auf: Achtung, Zeit lassen! Denn – selbst diesem eigenartigen Stamm der Bayern angehörend – weiß ich, daß, wenn Bayern sich zu schnell ausgefragt fühlen,

sie der Grant ankommt und sie stocksauer werden läßt. Also geduldig abwarten und reden lassen!
„So, so", sage ich deshalb ebenso geruhsam, „an Sonnenstich hast also! Was spürst denn nachher?"
„Ja, woaßt, Doktrin, eigentli möcht i des von dir wissn!" Und als ein verschmitztes Lächeln über sein Gesicht huscht, weiß ich – noch vor seiner Antwort –, daß wir uns auf dieselbe Wellenlänge einschwingen.

„Woaßt, Doktrin, ganz ehrli, fehln tut mir eigentli nix, aber sehn wollt i di halt amol! A wissensdurstiger Hund war der Leitner-Seppi nämli scho allerweil, scho als kloaner Bua, bloß in der Schul war des net so arg mit dem Wissensdurst, aber sinst . . .!
O mei, d' Leut redn halt so vui von a Doktrin, die zu ins aufs Land kommt, von da Stadt außa, die an preußischn Nama hat und do a Münchnerin is und no dazu a Bäurin sei soll. – No hab i mir denkt, gehst halt hin und schaugst dir s' an, die Doktrin, ob s' recht habn oder net, wenn s' wieder so blöd daherredn, d' Leut. Aba jetzt sag amal, Doktrin, bist du vaheirat, hast Kinda, is dei Mo aa a Doktor und gellja, du wohnst gar net in deina schöna Praxis?"
Ich bemühe mich sehr, alle seine Fragen zu seiner vollen Zufriedenheit zu beantworten und habe damit einen meiner treuesten und anhänglichsten Patienten gefunden.

Inser Hausdoktor

Sie meinen, die Spezies der Hausärzte sei ausgestorben? Mitnichten! Auf keinen Fall, auch wenn sie – zugegeben – ein bisserl seltener geworden ist.
Es gibt nämlich keine besondere Schulung dazu, obwohl es massenhaft Ausbildung für Internisten, Frauenärzte, Urologen, Orthopäden und Allgemeinmediziner gibt. Hausdoktor wird man nämlich nur durch Ernennung!
Das meint, eine Familie requiriert einen Doktor als für ihre sämtlichen Belange zuständig und erhebt für ihr blindes Vertrauen im Gegenzug Besitzanspruch auf den Doktor. „Inser Doktor" macht das alles und er muß es auch, „dafür is er für ins ja da". So einfach ist das.
Ausgestorben ist die Spezies noch nicht, weil immer noch junge Ärzte bereit sind, sich – fast – bedingungslos in die Sklaverei von „Häusern" zu begeben. Aber die Gegenseite macht oft nicht mit, weil die Ernennung zum Hausdoktor nämlich Vertrauen voraussetzt, eine ganze Ladung davon, und die wächst halt erst in Jahren.
So ein Hausdoktor hat natürlich eine Menge Pflichten, aber auch Vergünstigungen. Er braucht sich nicht mehr wie der Postbote vom Putzi beißen zu lassen, weil ihn auch der Hund schon kennt, besonders wenn er ihm ab und zu ein Wurstende mitbringt: das wird immer gerne angenommen und festigt die Freundschaft.
Aufwendige Anamnesen sind nicht notwendig, weil der Hausdoktor die Familiengeschichten längst in- und auswendig kennt. Dafür dauern die Hausbesuche länger: „A Schalerl Kaffee vielleicht, der Guglhupf is ganz frisch und des selberbrennte Schnapserl von der Oma – mei, des is heuer vielleicht guat!" Freilich: Freizeit, Sonntags- oder Nachtruhe oder gar Ferien zu Hause, also all diese Krämpf gibt 's für den Hausdoktor nicht: lauter faule Ausreden, „denn er muaß für ins allerweil da sei!"
Dafür wird er auch bedacht: an Weihnachten, Kirchweih, seinem Namenstag – immer bekommt er was: „a Flascherl Wein", „an Schampus", „a Kistl Zigarrn" und „d' Oma strickt eahm Sockn und a Trachtenjopperl aa no".
Bloß eines gibt es für den Doktor niemals: „Des woaß i net!" Denn für alles muß er wenigstens Abhilfe wissen, wenn er es schon nicht selber weiß. Weil: „Als inser Hausdoktor is er ja für alls zuständig": Wohnungssuche, Stellenvermittlung, Kindererziehung, Kochen, für den Grant vom Großvater und „am Altn seinen Suff". „Mei, und der alte Mähdrescher brauchat aa 's Verkaffa!"
Wie man Hausdoktor außer dem jahrelangen Sitzen auf einer Praxisstelle wird? – Nur durch glücklich ausgehenden Zufall!
Lassen Sie mich stellvertretend meine Hausdoktorgeschichte der weitverzweigten Familie Leisler erzählen!
Seit meiner Niederlassung waren bestimmt schon fünf Jahre vergangen und von der Großfamilie Leisler hatte sich noch kein einziger bei mir sehen oder hören lassen. Nein, stimmt nicht,

gehört habe ich von der Familie schon, nämlich was sie über mich sagten: „A Weiberts – naa, scho wirkli net – so a Siebngescheite, die 's besser wie die Mander wissn will. – Naa, naa, da war ins scho der Martl-Doktor lieba gwesn – a gstandns Mannsbild! Aba die da – naa, naa, scho wirkli net."
Dann kam mir der schiere Zufall zu Hilfe, beziehungsweise das schier unheilbare Zipperlein vom Großvater, dem Familienoberhaupt. Etliche der Herrn Doctores hatte er schon befragt, geholfen aber hat fast nichts und dann ist der letzte auch noch im Urlaub gewesen. „Mei, da is er halt zu dem Weiberts ganga – aus schierer Not, aba gänzli ohne Hoffnung!" Aber die – ich – hat unverschämtes Glück gehabt und zufällig das richtige Spritzerl erwischt: völlig überraschend entfleuchte das Zipperlein auf Nimmerwiedersehn – „so a Massl!"
Da hat der Großvater grünes Licht gegeben und die Familienflut setzte ein. Freilich, Vorsicht und Mißtrauen schlafen nicht gleich ein, ein paar Jahre Bewährung muß schon sein und so bleibt Zeit genug, sich minuziös in die Familiengeschichte einzuleben. Und selber in deren Besitzstand.
Die Oma, die außer Stricken auch für die ganze Familie kocht, hat einen Alterszucker. Die Einstellung auf Antidiabetika und eine entsprechende Diät genügt da natürlich noch lange nicht. Du mußt der Oma schon zeigen, was sie selber von ihrer Kocherei überhaupt nicht essen soll, nur die anderen, was sie vorher – vor der Zugabe der Kohlenhydrate – für sich selber abzweigen soll. Denn den mit der Grammwaage ausgewogenen Diätfraß würde der Sohn der Oma an den Kopf schmeißen, wenn er hungrig wie ein Wolf von der Arbeit draußen heimkommt.
Mein Gott, die Jungbäurin ist schon wieder schwanger und sie sollte doch nicht – wo sie doch jetzt schon kaum mehr mit der Arbeit fertig wird: „Die Oma werd si vielleicht aufregn! Bitt schön, Doktrin, brings du der Altn bei – schön pö a pö!"
„Mei, schwanger ausgrechnet jetzt, wo doch die Große grad in die Pubertät kommt und wissn sollt – geh, Doktrin, sags du ihr doch, des Zeug mit der Periode – i kann 's wirkli net und jetzt scho glei gar net."
Der Bauer ist verzweifelt: „Der Älteste, der Lattierl, also aus dem werd nia was, wo der doch amal den Hof übernehmen sollt. Jetzt is er scho neun Jahr alt und macht noch allerweil ins Bett und in die Hosn. Vielleicht, weil er damals, als er den Keuchhustn ghabt hat...? Gellja, du woaßt scho, Doktrin!" Nein, der Keuchhusten ist nicht schuld daran und die Masern sind es auch nicht, aber vielleicht hilft ein gewisses Blasentraining vor dem Zubettgehen und mehr Zuwendung tagsüber und eigenverantwortliche Aufgaben für ihn persönlich, den Großen, Gescheiten!
Und welch eine Freude, wenn der ehemalige Bettnässer sich drei Jahre später zu einem durchaus selbstsicheren Lausbuben entwickelt hat und aus dem Lattierl der Klassenbeste in der Schule geworden ist: die Deputate zu Weihnachten werden beträchtlich erhöht!
„Jessas, d' Tant hat scho wieda a Gallenkolik! Ausgerechnet jetzt muß ihr des einfalln! Kimm glei, bitt schön!"
Ich bremse rasant vor dem Stall, will ins Haus stürzen – die Spritze quasi schon in der Hand, da kommt der Bauer ganz müde aus dem Stall: „Ah, du bist 's – des paßt si grad – geh, schau eini zu mir in den Stall, mir habn grad a schwere Geburt ghabt. Schaug dir des Kaibi an – d' Tant kann scho no wartn. Mir habn vielleicht ziagn müssn, daß 's kemma is! I glaub, mir habn eahm an Haxn brochn."
Der jüngere Bruder vom Leisler kommt zur Blutabnahme wegen seiner Leberzirrhose. „Woaßt", sagt er, während ich das Blut intravenös mit der Spritze aufziehe, „i bin jetzt vo dahoam auszogn und bin bei der Gretl zuawizogn. Dahoam war 's ja nimmer zum Aushaltn. Allerweil die Schimpferei, i bin schließli alt gnua, daß i hoamkimm, wann i mag und wia i mag. – Aba woaßt, du muaßt mir helfn, jetzt wo i auszogn bin! Schau, da Bruda hat an Hof übernomma und da waar aa a Baugrund. Des waar do nur recht und billig, wenn mir der überschriebn werad. Aber die Altn wolln überhaupts net auf mi hörn. Moanst net, du kannst a bisserl was schreibn, daß die Altn scho a wengerl plemplem san? – Geh, schreib halt was!"
Der Bauer selbst kommt auch in die Praxis und flucht gottsjämmerlich,

während er auf den Operationstisch klettert: er hat sich – beim vielen Traktorfahren – eine Analthrombose zugezogen, eine ganz schmerzhafte Sach' am besten Teil.
„Des vareckte Bulldogfahrn – da schüttelt 's di an ganzn Tag her wia net gscheit – is ja koa Wunder, wenn 's Arschloch z'brenna ofangt."
„Ja, muaßt denn gar so viel Traktor fahren, Leisler? Gang 's net a bisserl weniger?"
„Naa, gwiß net – woaßt, i bin do beim Maschinenring und muaß aa für die andern Bauern fahrn. Mei, die großn Maschinen san ja so vui teuer – i hab mir do a Maissaatmaschin gkauft – die müassn ausglast sei, wenn sie si rentiern solln und wann dabei a bisserl a Geld für uns einakimmt, schadt des do aa net, oder?"
„Aber dann tät i mir an andern Traktorsitz anschaffn mit a besseren Federung. Weil – nach dem Aufschneiden jetzt von deiner Thrombose mußt schon a bisserl warten mit'm Traktorfahrn für'n Maschinenring – es hilft nix!"
Und weil der jüngere Bruder, der Säufer, ausgezogen ist, hat die Bäurin sein Zimmer gleich an Sommergäste vermietet: Ferien auf dem Bauernhof! Ich habe dem Großvater gerade den Blutdruck gemessen, drinnen in der Kuchl, und schreibe noch ein Rezept für ihn auf, da werden wir beide Zeugen eines hochsinnigen Gesprächs, denn die Kuchlfenster stehen weit offen und direkt unter den Geranien des einen Fensters ist der große Sandkasten, in dem scheinbar friedlich der kleine Franzi hockt und spielt. Der Franzi ist vier Jahre alt. Da geht die Sommergästin aus dem Haus und trägt ihren Säugling in die Sonne hinaus. Vor dem Sandkasten bleibt sie stehen – ich kann sie sehen – und schaut dem Franzi zu, wie der den Plastiktraktor wie verrückt durch den Sand schiebt. Nach einer Weile schaut der Franzi offenbar hoch, streckt seinen Arm aus, deutet mit seinem Zeigefinger – ich sehe das auch durchs Fenster – und ich höre den Franzi fragen: „Woher hast nachher des Zeugs da her?" Der schmutzige Zeigefinger deutet auf das Baby.
„Das ist doch mein Baby!"
„Scho – aba woher hast denn des nachher?"
„Das Baby ist mein Kind, ich bin seine Mutter!"
„Scho mögli – aba woher hast es nachher, des Zeugs?"
„Also, ich habe es zur Welt . . . ich habe es . . . so wie du von deiner Mutter . . ., also der Storch, der hat . . ."
„Ah so, du mogst des net sagn – aba i woaß scho", sagt der aufgeweckte Franzi, „gib 's zua – du hast des da vom Maschinenring!"

Der Rucksackdoktor oder Die Lust im Stall

Am Spätnachmittag erreicht mich der Anruf der Nazibäurin. Ihre Stimme klingt zunächst ziemlich besorgt, dann aber lacht sie fröhlich ins Telephon.
„Bitt schön, Doktorin, komm bald! An Altn hat 's erwischt! Aufs Kreuz hat 's 'n gschmissn! I glaub, es is recht arg." „Um Gotts willn, hat er starke Schmerzen? Kann er sich noch bewegen?"
„Naa, naa, so weh tut 's nachher scho net und rührn kann er si no recht gut – und fluchn aa!"
„Wie is 's denn passiert?"
„No – sagn ma halt: dahoam hat 's an Arbeitsunfall ghabt – naa, eigentli genau gsagt, war 's a Verkehrunfall", sagt die Nazibäurin und lacht herzhaft.
Auf dem Weg zum Nazi erblüht meine Phantasie zu den tollsten Mutmaßungen: ... ein Verkehrsunfall, zu Hause ..., bei dem es einen „aufs Kreuz gschmissen hat", der sich aber immer noch recht gut bewegt, während seine Bäurin lacht, lacht ...
Übrigens ist die Nazibäurin eine „patschierliche" Person – wie die Bayern sagen, wenn sie ausdrücken wollen, daß eine Weibsperson drall, durchweg appetitlich und munter ist.
Als ich in den Hof einfahre, steht die Nazibäurin schon wartend da und weist mich sofort in den Stall. Ich sehe den Wagen meines Kollegen von der anderen Fakultät vor der Stalltür abgestellt.
Im Stall das folgende Bild: eine Kuh ist notdürftig an einem Stallpfeiler angebunden und protestiert laut muhend, weil sie ganz offensichtlich von ihrem angestammten Platz vertrieben worden ist. Denn in ihrem Stand liegt – auf Stroh gebettet – der verunfallte Nazibauer und der Herr Kollege steht – ihm tröstend Zuspruch bietend – daneben.
Hm, der Nazibauer im Stall – und ich habe geglaubt, im Bett. Nein, meine Phantasie ist wirklich mit mir durchgegangen, pfui Teufel, wie kann ich bloß ...!
Schweigend Abbuße erflehend beuge ich mich zum Nazibauern herunter und der Tierarzt dreht den schweren Mann auf die Seite, damit ich den Rücken untersuchen kann. Aber ausgerechnet jetzt schrillt die Hupe im Tierarztwagen: das Funkgerät ist in Betrieb, der Viehdoktor wird gewünscht, dringend versteht sich!
Also läßt er sich von der Bäurin ablösen, die jetzt ihren auf die Seite gewälzten Mann in der Lage hält. Gemeinsam ziehen die Nazibäurin und ich dem Bauern die Hosen herunter und schieben das Hemd hoch.
„Halt mi bloß gscheit!" schimpft der Nazi. „Des hast jetzt von deine aufgeklärten Ansichtn! Und mei Kreuz is hin! Jetzt lauft fei so schnell nix mehr, des sag i dir!"
Über dem Gesäß verläuft waagrecht ein langer, breiter Strich, der sehr druckempfindlich ist. Morgen, übermorgen werden dicke, tiefblaue Flecken den Strich zieren. Auch über dem Steißbein tut es weh, aber die Beine kann der Nazi tadellos bewegen, Gott sei Dank.

Der Bauer und seine Kuh Heidi

„Wie ist denn das passiert?“
„Da, auf die Betonkantn bin i drauf-gfalln!“ sagt der Nazi vorwurfsvoll.
„Ja, bist beim Ausmisten ausgerutscht und gleich so schwer gfalln?“
„Naa, naa, so deppert is er ja do net, der Loisl, gell!“ sagt mitfühlend seine Bäurin und lacht wieder.
„Lach net so blöd! I hab 's dir scho immer gsagt, du mit deine neumodischn, gspinnertn Ideen! Bei die Eltern hat 's des aa net braucht – gar nia net hätt mei Muada an Vata des zuagmut! Aber du! Verflucht, jetzt kann i mi nimmer rührn! Mei, Weibi, des sag i dir, jetzt laß i di fei lang wartn und wennst no so bremsi werst!“
Meine Neugierde – mein beruflicher Wissensdurst – ist auf das höchste angestachelt. Außerdem hat die Bäurin gesagt, es sei ein Arbeitsunfall gewesen und Arbeitsunfälle sind haargenau – auch im Unfallvorgang – aufzunehmen und für die berufsgenossenschaftliche Meldung zu beschreiben.
„Also, wie ist das genau passiert?“
Die Bäurin kann vor Lachen nicht sprechen. So erzählt der Loisl: „Ah, woaßt Doktrin, an Kopf voll gspinnerte Ideen hat s', mei Alte. Was die so alls zammaliest! Da Viechdoktor hat aa scho glacht, aba es hat sei müssn, mei Alte hat einfach net nachgebn!“
„Ja, was für Ideen hat s' denn, um Gotts willn?“
„Woaßt, wir habn a weng Schwierigkeiten ghabt mit'm Aufnehmn bei da Heidi – dera Kuh da. Woaßt scho, wir habn allerweil an Rucksackdoktor gholt, wenn s' stierig san, unsere Küh. Hat allerweil recht gut klappt mit'm Doktor und da Besamung, bloß bei da Heidi net. Nachher hat mei Alte glesn, daß 's vui besser klappt bei der Zeugung, wenn a Luscht dabei is. No – und da Heidi, hat s' gmoant, bringt der Rucksackdoktor z'wenig Luscht bei und drum nimmt s' net auf und laßt uns ewig wartn mit'm Kaibi, und umsonst macht 's der Viechdoktor ja aa net. Also – hab i mir denkt – vielleicht is was dran, was dei Alte sagt, tuast halt mit. Ja, und wia 's jetzt wieder so weit war und da Doktor is kemma und hat sei Arbeit tan, hab i mi halt auf d' Heidi aufighockt und sie a bisserl überm Schwanz krault – von wegn der Luscht. Und nachher hat des blöde Viech auf oamal an Hupferer tan und mi hat 's obigschmissn!“
„Also, Loisl, jetzt hast mi aber neugierig gmacht: warum hat die Heidi an Hupferer gmacht? Hat sie nimmer mögn oder war 's vor Lust?“
„Des werdn wir scho sehn – in a paar Monat – und wann net, tua i 's zum Schlachtn, des Mistviech!“
„Naa, wenn 's nix wordn is“, lacht die Nazibäurin und die Tränen laufen ihr vor Begeisterung über die Wangen, „nachher bist jetzt du schuld – weilst z' wenig Gfühl ghabt hast!“
Zu gegebener Zeit wurde Heidi von Zwillingen entbunden.

. . . bloß müd soll er sein

Der Anruf erreicht mich in der Praxis: „Geh, Frau Doktor, kommen S', der Stier hat mein Mann angfalln und aa no in Stacheldraht einidruckt! Kommen S' bitt schön!"
„Dann wird Ihr Mann schön zugrichtet sein! Bringen S' ihn doch gleich her in die Praxis zum Nähn!"
„Naa, Frau Doktor, 's wär scho besser, wann Sie zu uns kemma, weil da Stier – no, für den bräuchtn wir Sie aa!"
„Aber für den Stier ist doch der Tierarzt zuständig!"
„Ja, scho, aber krank is des Viech ja net – höchstens viel z'gsund! Und bloß Sie habn doch a Narkosegewehr! Mei, da Stier is an ganzn Sommer mit de Rinder auf da Wiesn gwesn und jetzt wollt 'n mei Alter halt in Stall führn, aber der laßt si nimmer! Und bös is der wordn! Kommen S' halt, bitt schön – und schießn S' an Stier mit'm Narkosegewehr und nachher können S' mein Altn aa no flicken, bitt gar schön!"
Was soll ich schon machen bei so viel Bitten! Ich greife mir also neben meiner Arzttasche auch das Narkosegewehr samt Luftpumpe, nachdem ich nach reiflicher Überlegung die Narkosemischung bereitet und vorsichtshalber zwei dieser komplizierten, zweikammerigen Narkosespritzen hergerichtet habe. Die Luftpumpe brauche ich übrigens, weil das Narkosegewehr nicht mit Pulver, sondern mit Druckluft beschossen wird; dies ist für die Tiere wesentlich schonender, auch wenn die mögliche Schußentfernung damit relativ gering wird. Das heißt im Klartext: ich muß nah an den Stier heran. Wohl ist mir dabei gar nicht!
Als ich auf dem Bauernhof ankomme, steht die gesamte Mannschaft schon parat – die Bäurin, die beiden hochaufgeschossenen Söhne und der blessierte Bauer, der recht abenteuerlich aussieht: ein blutiges Handtuch um den Kopf geschlungen, auch der rechte Unterarm ist derart verbunden, der linke Hemdsärmel hängt in Fetzen und die ausgebeulte Hose ist voller Kuhdreck und Blut.
Ich nehme die Arzttasche aus dem Auto und will ins Haus, um den Bauern zu nähen. Aber der hält mich auf.
„Naa, zerscht kimmt da Stier – bevor der no alls hin macht! Mi kannst nachher immer no flickn!"
Ich ziehe es – nach einem Blick auf den maladen Bauern – vor zu schweigen und denke mir bloß: „Weiß der Himmel, ob ich hernach noch in der Lage bin zu nähen! Mir ist gar nicht gut!"
Der Bauer muß das gemerkt haben, denn er lacht, packt mich an der Schulter, schüttelt mich ein wenig und tröstet: „Wird scho werdn! Wir gehn glei runter auf die Weidn, dann habn wir 's hinter uns!"
Und während wir allesamt – ich mit dem geschulterten Narkosegewehr, Luftpumpe und Spritzen in den Händen – zu einer kilometerweit entfernten Weide losmarschieren, informiert mich der Bauer: „Woaßt, den Stier hab i im Frühjahr mit de Rinder auf d' Weidn tan, damit er sie deckn kann, wann s' rindrig

werdn. Und jetzt möcht i die Viecher halt wieder in Stall einitun – da Winter kommt. I glaub eh, da Stier hat scho lang nix mehr tan, drum is er so fett und bös wordn, lauter Frustration!" mosert der Bauer und mir wird angst und bang.
„Ja, wieviel wiegt er denn?"
„A zwölf – dreizehn Zentner scho!" kommt lapidar die Antwort.
O Gott! Reicht da die Menge des Narkosemittels überhaupt aus und die Konzentration? Mein Gott, auf was habe ich mich da bloß eingelassen! Ich mache das nicht – Ausrede finden, flüchten, ich, ich ...
Die Bäurin unterbricht meine Gedanken, mischt sich ein. Merkt die vielleicht, daß ich am liebsten ..., und dann stellt sie auch noch Forderungen!
„Also wissn S', Frau Doktor, schlafn soll er ja net, da Stier, weil aufitragn in Stall könna wir 'n ja net, er muß scho selba gehn – bloß müd soll er sei, daß er uns hinlaßt zu sich und wir eahm a Kettn umlegn könna, zum Führn!"
Mein Gott, deren Sorgen möchte ich haben! Als ob die Narkoseschießerei so einfach wäre! Das hat man vom Fernsehen und der Serie „Daktari", wo der Urwalddoktor einfach schoß und alle Tiere fielen augenblicklich im Tiefschlaf um, große und kleine Tiere, liebe und bösartige!
Inzwischen sind wir an der großen Weide angekommen und können den Stier und seine zwölf Rinder an der äußersten, hintersten Weideecke stehen sehen.
Ich richte mich darauf ein, am Weidezaun stehend, solange zu warten, bis der Stier geruht, in unsere Nähe zu kommen. Aber der Bauer sagt: „Der kommt jetzt nia nimmer zu uns aufi. Da müssn wir scho eini zu eahm!"
Ganz kavaliersmäßig biegt er mir auch gleich den Stacheldraht hoch, damit ich ungehindert durchschlüpfen kann.
Dann sind wir auch schon durch den Zaun und gehen über die Weide. Meine Schritte werden immer kürzer und langsamer. Da gibt mir der Bauer Zuspruch: „Denk dir nix, Doktrin, i bin scho da – glei hinter deina!"
Bis auf hundert Meter sind wir an den Stier heran, dann verweigern meine Beine den Dienst. Viel zu weit, um schon schießen zu können. Um einen sicheren Schuß anzubringen, muß ich ihn auf mindestens dreißig Meter herankommen lassen. Noch verhältnismäßig gemächlich ist der Stier aus der Mitte seiner Rinder herausgetreten, steht jetzt vor ihnen, muht dumpf, dann markerschütternd und scharrt wild und ungebärdig mit den Vorderhufen, reißt mit den dolchartigen Hörnern unbeherrscht Grasfetzen aus der Wiese!
Längst habe ich das Gewehr von der Schulter genommen, habe angelegt und entsichert. Krampfhaft versuche ich, den Atem unter Kontrolle zu bekommen. Eigentlich stehe ich ganz ruhig und überlege, daß ich eine große Muskelpartie brauche, um den Schuß anbringen zu können – Schulter oder Oberschenkel – ich muß den Stier ein wenig seitlich haben!
Aber dann geht alles sehr schnell – ohne Zeit zum Überlegen – und wie von selbst: der Stier brüllt wie ein Löwe, senkt tief das Haupt und rennt los – geradewegs auf mich zu. Als er nahe genug heran ist, springe ich zur Seite und schieße ...
Die rote Quaste am Ende der Spritze wippt in seiner Schulter!
Der Stier braust an mir vorbei, nicht weit – vielleicht zwanzig Meter –, dann bleibt er abrupt stehen, versucht mit Kopf und Horn gegen das seltsame Ding zu schlagen, das in seiner Schulter juckt. Nachdem er es nicht erreichen kann, schüttelt er das Haupt und trollt sich, gemächlich und auf einmal recht sanftmütig, einfach weiter geradeaus. Dann bleibt er müde und teilnahmslos stehen. Und wieder nach einer Weile wackelt er mit dem Hinterteil wie einer, der zu tief ins Glas geschaut hat.
Nach dem Schuß habe ich mich zu Boden geworfen, mitten hinein in die Kuhfladen und als der Stier zu wackeln anfängt, wage ich mich aufzurichten, das heißt, ich will, kann aber nicht, weil ein Gewicht auf meinen Beinen liegt: es ist der Bauer, der sein Versprechen wahrgemacht hat!
Als der aber merkt, daß ich aufstehen will, lacht er gemütlich: „Schad, daß scho vorbei is, i lieg ganz guat, tät 's scho no länger aushaltn so auf deiner!"
Als der Stier hinten einknickt, halte ich den Zeitpunkt für gekommen: der Bauer ruft seine Söhne und sie ketten den teilnahmslosen Stier um Kopf und Hörner.

Die Bäurin ist inzwischen wie der Blitz zum Hof zurückgelaufen und kommt mit dem Traktor in die Weide. Der müde Stier wird an den Traktor gehängt und ab geht die Post, natürlich nicht so schnell, sondern Schritt für Schritt, ganz bedächtig. Der Stier schließt vor Müdigkeit die Augen, läßt die Zunge weit aus dem Maul baumeln und schwankt und wankt voran.
Wir geben sicher ein seltsames Bild ab, als unser Zug sich dem Dorf zu bewegt: auf dem Traktor eine glücklich-erleichterte Bäurin, an Ketten ein müder, torkelnder Stier, zu seinen Seiten die beiden Buben mit „flankierenden Maßnahmen", dann der blessierte Bauer hinter dem Stier, ihn mit freundschaftlichem Klopfen auf sein dickes Hinterteil an das nächste Schrittchen erinnernd und – zu guter Letzt – ich, das lange Gewehr wieder geschultert, Hemd und Jeans von oben bis unten grün von garantiert frischem Kuhfladen. Und dennoch – im Geist schlage ich mir pausenlos auf eine imaginäre Schulter: gutes Kind – tapferes Mädchen, wacker, wacker! Mich zerreißt es fast vor Stolz und die weichen Knie sind längst vergessen, sie waren ja gar nicht so schwammerlartig gewesen!
Aber das nächste Unheil ist schon im Anzug! Und von ganz unerwarteter Seite und in Gestalt einer frisch zugezogenen norddeutschen Nachbarin des Bauern. Wir befinden uns bereits auf der Dorfstraße im Anmarsch auf den Hof, ungefähr hundert Meter davor. Die an uns vorbeikommenden Dörfler beachten uns kaum, nur ein paar Schulbuben johlen begeistert. Aber die Nachbarin baut sich am Gartenzaun ihres neugebauten Siedlerhäuschens auf und beginnt ungefragt zu schimpfen: „Ihr Viehschinder, ihr Schweinebauern, den armen Stier so leiden zu lassen, so zu quälen! Der ist ja fix und fertig – anzeigen werde ich euch beim Tierschutzverein! Ist ja unerhört! Das Handwerk muß euch gelegt werden! Und die da, schau an, das Flintenweib – schämen sollte die sich und . . ."
Die Bäurin auf dem Traktor reißt Mund und Augen auf, wird vor Empörung sprachlos – zunächst –, sie vergißt zu fahren und der arme Stier, der leidende, gequälte, nützt den Augenblick und läßt sich zu einem friedlichen Schläfchen mitten auf der Dorfstraße nieder. Was stört einen Betrunkenen schon der Verkehr!
Auch ich nütze feige den Augenblick, lasse „die Zuagroaste" mit der Bäurin diskutieren, stelle die beiden Buben als Wachen auf, die melden sollen, wenn der Stier geruhte ausgeschlafen zu haben, und schnappe mir den blessierten Bauern, mit dem kein Tierschützer Mitleid hat, und gehe mit ihm ins Haus.

Öha!

Beinahe jedes Volk schafft sich ein schmalbrüstiges Wörtchen, mit dem selbst der Maulfaulste fast alles ausdrücken kann – auch Gegensätzliches: nur der Tonfall macht 's.
So hat der Amerikaner sein „Okay", der Spanier sein „Ole", der Schwabe sein „Gelja" und der Oberbayer sein „Öha".
Mann und Tochter waren verreist und hatten mir unseren Hund, eine Dackeline, dagelassen. Und der fiel nichts Gescheites ein, wenn sie allein das Haus hüten sollte, während ich Sprechstunde hielt: sie fraß eine ganze Schachtel „Mon Chéri" und begrüßte mich dann stockbetrunken; sie zerfetzte ein Kissen und spielte Indianer im Federschmuck!
Also beschließe ich, sie wohl oder übel mit in die Sprechstunde zu nehmen. Die heikle Platzfrage löst denn auch Biene allein und souverän, indem sie sich im Sprechzimmer zwischen Schreibtisch und Heizkörper hineinschiebt. Auch ich finde die Lösung großartig, da sie – derart versteckt – für alle Patienten unsichtbar bleibt.

Schindlers Fritz ist an diesem Tag der letzte Patient: bereitwillig hat er alle anderen vorgelassen, denn er will der letzte sein – ich soll viel Zeit für ihn haben. Und er ist ein „Gschamiger", ein bisserl ein übertragener Jungbauer und ein „Körndlgfutterter"(mit Körnern, mit Kraftfutter aufgezogen). Die Mama sorgt halt für ihren einzigen Buben und zu einer Hochzeiterin hat er es bis jetzt auch noch nicht gebracht.
Aber jetzt ist es soweit, und weil er ein ganz Gewissenhafter ist, kommt er in die Praxis!
Mit nur zwei Buchstaben hockt er sich auf den Drehstuhl, zwirbelt seinen Hut und beobachtet aus den Augenwinkeln, wann endlich Schwester Hilda das Zimmer verlassen wird, beinahe wie weiland der Leitner-Seppi. Dann druckst er es heraus und wird rot dabei: „Woaßt, Doktrin, i hätt jetza oane, die bei mir Bäurin werdn mechat, aba – i woaß halt net – wia 's – wia 's – also wia 's mit meiner Fruchtbarkeit steht? – Des ghört do dazua, oda?"
„Freili!"

„Also – tatst amal schaugn, wia 's steht mit meiner Fruchtbarkeit!"
Mir bleibt, weiß Gott, nichts erspart!
„Schaun wir halt – mach dich frei – und leg dich nachher auf die Liege, bitt schön!"
Es ist mucksmäuserlstill im Raum, nur die Uhr tickt laut. Gott- und schicksalergeben liegt das Fritzerl auf der Untersuchungsliege und schaut ehrfürchtig und großäugig zu mir auf, die ich mich langsam und möglichst schonend vom Bauch her nach unten vorarbeite.
Die Diagnose ist leicht zu stellen: das arme Fritzerl hat mit seinen dreißig Jahren noch immer eine Phimose, eine Vorhautverengung, und einen kleinen Hodenbruch.
Ich überlege mir gerade, wie ich dem Fritzerl beibringen kann, daß er unbedingt unters Messer muß, bevor er mit seiner Hochzeiterin eine Freude hat, da schallt ganz und gar unüberhörbar – hinterm Schreibtisch hervor – ein eindeutig zweideutiges Tönchen und ein unverkennbarer Geruch schwebt durch den Raum.
Jäh aus seiner Andacht gerissen, richtet das Fritzerl sein Augenmerk auf mich und sagt: „Öha – Doktrin!"
Es ist an mir, rot und sprachlos zu werden.

Das Gfrett mit den Jungfrauen

„Der nächste, bitte!"
Die Tür wird schwungvoll aufgerissen und die Nanitant' marschiert herein, dicht gefolgt von ihren drei Töchtern.
„So", kommandiert die Nanitant' nach einem flüchtigen Gruß in meine Richtung, „jetzt stellts euch anständig her!"
Und da stehen sie – wie die Orgelpfeifen und genauso rund, glatt und schimmernd: neunzehnjährig die Älteste, schwarzhaarig und sehr darum bemüht mit gewölbtem Rücken, eingezogener Brust und krampfhaft verschränkten Armen ihren großen Busen zu verdekken; siebzehnjährig die Mittlere, blond gekringelt fallen ihr die Locken in die Stirn, den Kopf hält sie gesenkt, schaut mich jedoch vorwitzig und mit leuchtendblauen Augen durch die Locken hindurch an; die Jüngste ist fünfzehn, drall und voll kaum zu unterdrückender Lebensfreude. Sie sind schon recht unterschiedlich, die drei Mädchen, was aber nicht verwunderlich ist, denn sie haben dreierlei Väter, aber alle das gleiche, schier unbezähmbare Temperament der gemeinsamen Mutter.
Wie ein Kommandeur die Ehrenkompanie, so schreitet die Nanitant' die Reihe ihrer Töchter ab, die allesamt ausgefranste Jeans, die derzeit obligaten Turnschuhe und knallbunte T-Shirts tragen. Am Ende der Reihe angekommen, dreht die Nanitant' sich um und sagt zu mir: „Da, schaug s' dir an – du mußt mir helfen!"
Ich sehe schon ein, daß die Nanitant' auch ihre Sorgen hat!
„Also schaug s' dir an!" sagt die Nanitant' unbeirrbar, „die Resi, die Rosi und die Franzi."
„Also grad krank schaun die net aus und so, als ob s' mich bräuchtn!"
„Ah geh", sagt die Nanitant' aufgebracht, „grad darum brauchn wir di ja! D' Antibabypille mecht i – für alle drei –, gwiß wahr, i hab sunst koa Ruah nimma!"
Ausgerechnet die Franzi grinst frech und aufmüpfig. Die Nanitant' muß das bemerkt haben, denn sie setzt ein wenig seufzend hinzu: „Mei, wann wir des seinerzeit bloß aa so gut ghabt hättn!"
Vorsichtig melde ich Bedenken an: „Ja, wenn 's unbedingt notwendig ist – für die Resi und die Rosi, aber bei der Franzi . . ."
„Nix da", fällt mir die Nanitant' ins Wort. „Für alle drei hab i gsagt – auf nix anders laß i mi net ei! Z' gfährli und z' teuer is mir des sinst!"
„Zu teuer – um Gottes willen, Nanitant'!"
Ich bin sehr erschrocken, weil meine Gedanken gefährlich schnell sind: wenn die Pille zu spät kommen sollte und die Nanitant' meint . . . wirklich, das ist zu teuer, gelinde gesagt!
Aber die Nanitant' spinnt ihre Gedanken unverdrossen weiter: „Freili, z' teuer – woaßt, drei Mieder, dreimal die ganze Tracht mit allm Drum und Dran, Silberschnallen, Silbernadeln, Kropfbandl und Schnürlhut hab i für die drei zammghamstert. Woaßt du vielleicht, was das Zeug alls kost? – Mei, des is fei teuer!"
„Aber, Nanitant', was hat denn die Tracht mit der Antibabypille zu tun? Das versteh i net!"
„Des is do klar: 's Mieder tragn bloß die Dirndln, die Jungfrauen. Die Bäurinnen habn an Schalk o – des sollst du fei scho wissn! Und jetzt hab i drei Mieder und die solln meine Dirndln oziahgn, als Jungfrauen!"
Und weil ich immer noch so dumm dreinschau, erklärt die Nanitant' gewichtig: „Da Hochwürden hat mir vasprochn, daß er an Jungfrauenwagn für'n Leonhardiumzug zu ins auf'n Hof stelln laßt – zum Herrichtn, wo i do glei drei Jungfrauen für'n Wagn hab! Mei, Doktrin, i sag dir: froh bin i! I hab scho lang auf die Ehr gwart! Meine Dirndln auf'm Jungfrauenwagn! Glei hab i die Mieder zammgholt. Und jetzt – des sag i dir – laß i rein gar nix mehr dazwischnkommn. Meine Dirndln auf'm Jungfrauenwagn! Daß i des dalebn derf!"
„Aber Nanitant', bis Leonhardi ist 's noch weit!"
„Scho, aber wir müssn rechtzeiti anfangn, des Herrichtn für den Wagn braucht aa no sei Zeit. Mei, die Ehr!" seufzt sie.
„Ich versteh aber immer noch nicht, was die Pille mit Leonhardi zu tun hat", beharre ich eigensinnig.
„Geh, Doktrin, des is do klar: auf'm Jungfrauenwagn derfn nur Jungfrauen sei, da derf koane an Bankert habn!"

Ich muß lachen: „Nanitant', Jungfrauen sind sie doch bloß, wenn sie brav bleiben, deine Dirndln!"
„Geh, wie kommst mir denn du? Wo lebst denn du? D' Pille muß her und nachher passiert nix!" sagt die Nanitant', die nicht nur temperamentvoll, sondern auch eine durchaus moderne Bäurin ist.
„Ja, aber Jungfrauen sind sie doch bloß, wenn . . .", wage ich einzuwenden.
„Geh, Doktrin, wer soll denn an Doping-Test machn, von wegn den Jungfrauen? Der Hochwürden vielleicht?! Naa, do scho net! Naa, gib s' bloß her, deine depperten Pillen. I laß mir gar nix mehr dazwischn komma!"
Die Nanitant' ist nicht nur eine fürsorgliche Mutter, sie ist auch eine erfahrene und weitsichtige Frau und weiß deshalb genau, daß eine Leonhardifahrt im November keine ganz ungefährliche Angelegenheit ist. Da werden die alten, schön bemalten und geschmückten, holzrädrigen Kastenwägen – Gummibereifung ist verpönt – mit den gewichtigen Frachten vierspännig von stämmigen Rössern den steilen Kalvarienberg zu Tölz hinaufgezogen. Übrigens kommen bei einer Leonhardifahrt bis zu sechzig Wagen zusammen – ein sehr farbenprächtiges Bild. Zum Kutscher des Jungfrauenwagens wird allemal ein älterer, erfahrener Mann bestimmt. Und weil es im November schon recht kalt sein kann, hat jedes Mädchen auf dem Jungfrauenwagen zwei Flaschen Schnaps dabei, einen Obstler und einen Likör. Nach Messe und Segnung der Pferde drängeln sich die Burschen um den Jungfrauenwagen und lassen sich unter viel Schäkerei mit Schnaps abfüllen. Ein Jungmann pro Wagen hat jedoch eine Vorzugsstellung: der Brettlhupfer! Das ist der Bursch, der hinten auf dem Wagen steht und sofort abspringen muß und die Bremsklötze unter die Räder zu schieben hat, wenn der Wagen hügelan zu stehen kommt, weil es entweder nicht mehr vorwärts geht im Gedränge oder weil die Pferde ein wenig verschnaufen müssen. Brettlhupfer zu sein ist ein hochbegehrter Posten, besonders am Jungfrauenwagen. Und die Wahl dazu ist frei – und das weiß die Nanitant' natürlich auch.

Doch bis Leonhardi ist es noch weit, erst zieht einmal der Sommer ins Land und da ich genau weiß, daß die Nanitant' auf ihrem Weiberhof sicher auch rechtzeitig für Buchsbaum, Latschenzweige, Blumen und bunte Bänder Sorge tragen wird zwecks späterer Ausschmückung des Wagens mit Girlanden, vergesse ich die Nanitant' und ihre Orgelpfeifen: andere Fälle, andere Kranke, andere Probleme.
Dann, eines Morgens, bringt der Hiasl den Seppi, seinen rothaarigen Busenfreund, an. Teils will der Seppi nicht in die Praxis rein, teils kann er gar nicht anders und hängt mehr in Hiasls Armen, als daß er geht. Er hat Schürfwunden im Gesicht, zerfetzte und blutverschmierte Hosenbeine und arge Schmerzen in der einen Schulter, die er steif und hochgezogen hält, den Arm angewinkelt und an den Körper gepreßt.
„Ja, was ist denn mit euch passiert?" ist meine teilnehmende Frage.
Der Hiasl antwortet: „A bisserl obagfalln is er, der Seppi, da hat 's 'n an da Schulter grissn!"
Ich besehe mir den Schaden, es ist eindeutig: eine Verrenkung im Schultergelenk.
„Seppi, den Arm werdn wir einrichtn müssen!"
„Naa, Doktrin, des braucht 's net! Geht eh scho wieder – bloß der depperte Hias hat mi hergschleppt zu deiner!"
O jegerl, da hat wieder einmal einer mehr Angst als Vaterlandsliebe! Eingerichtet aber muß die Schulter werden, da hilft nichts! Also den widerspenstigen Seppi so wenig wie möglich merken lassen, ihn überraschen! Auch wenn es ein bißchen brutal aussieht, es ist bestimmt die schonendste und schnellste Art und Weise. Ich nötige den Seppi auf einen Holzstuhl mit hoher Rückenlehne und schiebe ihm den Stuhl so zu, daß die Lehne auf der Seite seiner ausgerenkten Schulter ist. Dann stelle ich mich hinter seinen Rücken und gebe vor, seine Schulter nochmals zu untersuchen, dabei ziehe ich seinen Arm über die Lehne weg. Um ihn abzulenken, frage ich: „Na, Seppi, wie is 'n des passiert?"
„Beim Fensterln halt!" sagt der Seppi und der Stolz ist unüberhörbar.
„Warst denn erfolgreich?" frage ich weiter.

Die Belehrung

„Woll, woll, scho! Freili! Grad schön war 's, aba wie i über d' Leiter oba wollt, is der damische Bauer daherkemma und hat mi obagschmissn!"
Während dieser Worte habe ich – vom Seppi unbemerkt – seinen abgewinkelten Arm gefaßt und mich mit einem Ruck und meinem ganzen Gewicht auf den Arm fallen lassen, die Kante der Stuhllehne als Drehpunkt in der Achselhöhle.
„Kruzitürkn, Doktrin, was spinnst!" flucht der Seppi. „Hör auf, sakradi!"
Aber die Verrenkung ist schon eingerichtet.
Bald darauf ziehen der Seppi und der Hiasl wieder von dannen.

Einige Wochenende lang vor Leonhardi sitzen die zehn Mädchen des Jungfrauenwagens auf Nanis Hof und flechten bei viel Kaffee und Kuchen und noch mehr Geflüster und Gekicher die Girlanden für den Kastenwagen.
Und als der große Tag dann endlich herankommt, steht die Nanitant' in aller Herrgottsfrühe auf, weckt der Reihe nach ihre Töchter und zieht sie zwar geduldig, aber keinerlei Einwände gelten lassend, an. Für jede benötigt sie eine volle Stunde! Die echte Tracht anzuziehen ist nämlich ein hartes Stück Arbeit, das keine allein bewältigen kann. Es geht alles ganz genau und akkurat und genauso, wie es eben immer schon war: die diversen Kleiderschichten, das Mieder festgezurrt, die richtigen Blumen oben ins Mieder gepreßt, die Haare hochgesteckt und mit Silbernadeln festgehalten, damit der Schnürlhut darauf balanciert werden kann. Und zu guter Letzt das Schultertuch, ebenfalls mit Silbernadeln in genau vorgeschriebene Falten gelegt, denn nicht die kleinste Kleinigkeit entgeht den kritischen Augen der anderen Bäurinnen. Dann heißt es glatt: „Mei, des Dirndl is schön gschlampert! Bua, die derfst net heiratn, die werd nia net a gscheite Bäurin!"
Also schuftet die Nanitant', bis ihre Töchter in untadeligem Glanz erstrahlen. Blitzsauber sind sie, die Resi, die Rosi und die Franzi! Und gerade rechtzeitig sind sie fertig geworden: der Kutscher hat schon angespannt und die sieben anderen Dirndln sind auch schon eingetroffen. Alle sitzen auf und fahren ab in Richtung Tölz.
„Jessasnaa, die Küh und der Stall!" Die Nanitant' hätte sie bald vergessen! Aber schließlich ist auch die Arbeit getan und die Nanitant' holt ihr altes, klappriges Auto und fährt schleunigst ihren Töchtern nach. Zum Herausputzen wie die Töchter nimmt sich die Nani keine Zeit mehr. Wozu auch?
Auf dem Sammelplatz, auf dem sich die vielen Wägen aufstellen sollen, herrscht ein heilloses Durcheinander. Kreuz und quer stehen die Wägen, die Pferde wiehern und wollen nicht stillstehen; Zuschauer und Angehörige, vielleicht noch ein paar versprengte Christen, alles wurlt dazwischen. Die Musikkapellen formieren sich und der dicke Peterpauli bläst dem arglos dastehenden Heimerl mit seiner Tuba so direkt ins Ohrwaschel, daß es den glatt umweht.
Es ist fast unvorstellbar, wie sich der Haufen entwirren und zu einem ordentlichen Zug bilden soll.
Und dann kommt die Nanitant' genau in dem Augenblick angerumpelt, in dem sich der Wagen mit den Jungfrauen in Bewegung setzen will und der Seppi als Brettlhupfer aufspringt, das heißt: er wollte, aber die Nanitant' fährt dazwischen und vereitelt sein Tun, sie bringt vielmehr erneut Verwirrung.
„Du Saubua!" schreit sie zornesrot. „Du machst mir koan Brettlhupfer! – Leut, horchts her! Der da, der Angeber, wollt fensterln bei meine Dirndln, aber der Depp hat 's falsche Fenster dawischt und wollt bei mir eini! Mei, den hab i mir kauft! Und sovui is der daschrockn, daß er glei nebn da Loata obghupft is. Und schaugts, was i dawischt hab!"
Und bei diesen Worten zieht die Nanitant' triumphierend ein großes Büschel unverkennbarer, feuerroter Haare aus ihrer Manteltasche und schwingt es wie einen Skalp über ihrem Kopf.
Der Seppi zieht seinen Hut tiefer über die roten Ohren, während die Nanitant' lautstark schreit: „Du machst koan Brettlhupfer, du net, aba meine Dirndln san d' Jungfrauen!"
Der Samson-Seppi schleicht still und bedrückt beiseite, während sein Busenfreund geschickt in die Bresche und auf das Wagenbrettl springt.
„Mei", sagt der Hiasl, „was tan werdn muß, muß tan werdn, aa wann 's a Gfrett is!"

A Löcherl höher

Sonntagnachmittag, der Kaffeetisch ist gedeckt, alles vorbereitet, der Besuch noch nicht da. Noch ist alles ruhig. Wunderbar! Mit einem Buch in der Hand mache ich es mir bequem.
Mit einem Mal wird die Tür aufgerissen und meine Tochter, die ich friedlich mit dem Nachbarssohn spielend wähnte, stürmt herein.
„Mama, der Gori und ich waren im Stall. Die Alma kommt doch morgen zum Metzger und jetzt habn wir uns die Alma noch mal angschaut und der Gori meint auch, daß die vielleicht doch trächtig sei könnt! Stell dir bloß vor, die kommt zum Schlachtn und hat do no a Kaiberl . . . Mama, du mußt nachschaun!"
„Aber a Kuh – ich kann doch net! Und dann hat ja der Tierarzt scho nachgschaut."
„Scho – aber der kann si doch a amal täuschn! – Geh, schau nach – du kannst des scho!"
Darf ich so viel Vertrauen in meine Fähigkeiten enttäuschen? Nein, gewiß nicht – meine mütterliche und ärztliche Reputation stehen auf dem Spiel. Jesusmaria, aber die Größenverhältnisse – die bin ich nicht gewöhnt! Ich werde mit dem ganzen Arm hinein müssen! Und das, wo ich doch schon so schön angezogen bin für den Besuch. Was mache ich bloß? Also runter mit dem Kleid, Jeans an und oben herum bloß ein altes Bikinioberteil.
Während ich zum Stall hintergehe, spiele ich in Gedanken die anatomischen Verhältnisse einer Kuh durch.

Der Gori steht schon hinter der Alma und kriegt kugelrunde Augen, als er meinen Aufzug sieht. Dennoch greift er bereitwillig nach Almas Schwanz, zieht ihn zur Seite und sagt fast ehrfürchtig: „'s geht scho, Frau Doktor!"
Wild entschlossen taste ich nach der Scheide und will gerade meine Hand einschieben, da schreit der Gori: „Halt, halt, Frau Doktor, a Löcherl höher, bitt schön, da muaßt nei!"
Ich habe nicht gewußt, daß eine Kuh immer vom Darm, nie von der Scheide aus, gynäkologisch untersucht werden muß.
Also bohre ich meinen Arm in Almas volles Leben – und kann das tierärztliche Urteil nur bestätigen: Alma hat nicht wieder aufgenommen.

Öha, des geht z' weit . . .

Wir kennen uns schon, seit er noch ein Bauernsohn war und ich Studentin. Aber jetzt ist er längst zum Herrnbauern geworden, hat zwei Söhne und den Wehdam im Kreuz: er braucht eine Injektionskur! Aber da ist auch schon das Problem: der Herrnbauer hat absolut gar keine Zeit! Zur Spritze in die Praxis kommen – unmöglich! Und bei ihm einen Hausbesuch zu machen, ergibt auch keinen Sinn, weil er sehr wenig und nur zu ganz unterschiedlichen Zeiten zu Hause ist.
Der Herrnbauer selbst kommt auf die rettende Idee: „Woaßt, jedn Tag in da Fruah treffn wir ins zwoa am Heustadl, der an da Kreuzung steht. Du kimmst eh dran vorbei, wannst in dei Praxis fahrst und i kimm von meim Hof oba. Hinterm Stadl kannst mi dann spritzn!"
Gesagt, getan! Jeden Morgen stoppe ich vor dem Stadel, der Herrnbauer ist immer schon da, öffnet mir ganz zuvorkommend die Autotür und begibt sich mit mir und einer Injektionsspritze – fix und fertig gezückt in meiner Hand – hinter den Stadel. Er läßt die Hosen runter und sagt kurz: „Auweh!"
Es ist Sommer: die Sonne lacht jeden Tag, die Bienen summen geschäftig in den Wiesen und das Grummet steht zum Schnitt an. Alles bestens! Und drei Tage lang dasselbe Spiel: Halt, Autotüre auf, Gang hinter den Stadel, Hose runter, Spritze, zurück zum Auto und weiterfahren.
Auch am vierten Tag läuft zunächst alles in gewohnter Reihenfolge ab. Aber nach der Spritze jammert der Herrnbauer ein bisserl mehr, reibt sich den nackten Hintern. Ich habe mich ein wenig verspätet und renne zum Auto zurück. Der Herrnbauer aber will mir beweisen, daß die Spritzen bereits Wirkung zeigen und daß er schon wieder recht gut zu Fuß ist. Vielleicht braucht er auch gar keine Spritzen mehr?
Ein bisserl hinkend zwar, aber doch voll Schwung läuft er vor mir her, mit der einen Hand die offene Hose haltend, mit der anderen die Injektionsstelle reibend. Wir biegen um den Stadel herum.
Und da steht – breitbeinig aufgepflanzt – der Moser-Beni vor meinem Auto und dem Traktor des Herrnbauern: „Öha, des geht z' weit, es zwoa! I seh scho a paar Tag lang, was ihr da in aller Herrgottsfruah scho treibts! Ja, pfui Deifi! Und dei Stasi, Herrnbauer, moant des aa!"

Feuerbestattung

Mit der Post ist wieder einmal eine Arztzeitschrift mitgekommen und der Hauptartikel erregt meine besondere Aufmerksamkeit, heißt doch die dickbalkige Überschrift: „Bandwürmer ausgestorben?“
Mich fesselt diese Frage, da ich noch niemals einen Bandwurm gesehen habe – mit Ausnahme eines in einem Glas schwimmenden in einer Art medizinischem Museum.
Unterm Lesen werde ich gestört: Schwester Hilda bringt die Bernbacherin zu mir ins Zimmer. Die pflanzt sich regelrecht vor mir auf, beide Hände in die Hüften gestemmt.
„Wirkli, Doktrin, so geht 's net weiter, der Hias, der frißt mi no arm! Des is wirkli nimmer essen, was der Bua tut! Der frißt! Es is nimmer schön, i werd wirkli no arm! Du mußt was toa!“
„Ja, wo ist er denn, der Hiasl – sehn möcht i ihn schon!“
„Ja, da is er scho, bloß reingehn zu dir traut er si net – ihm fehlt ja nix, sagt er – bloß des bisserl Hunger!“
Ich lasse den Hiasl rufen, und da kommt er auch schon zur Tür herein: lang aufgeschossen – einen Meter fünfundachtzig mit seinen siebzehn Lenzen –, schlank, sehnig, mit roten Backen und vollem, dunklem Lockenkopf: ein Bild von einem angehenden Jungmann! Schlacksig, ein bisserl ungelenk und betont lässig kommt er herein.
„Geh, tua net so blöd!“ sagt die liebevolle Mutter.
Mein Gott, wo soll der Junge denn krank sein, so wie der aussieht! Und daß der bei seiner Länge einen Mordshunger hat, ist doch klar. Wie ein Stubenhocker sieht er zudem nicht aus. Deshalb sage ich zögernd und unsicher: „Ja, also, ich glaub dir schon auch, daß du net krank bist . . .“
„Na, wirkli, des is net normal, was der Kerl vadruckt!“ fällt mir unwirsch die Mutter ins Wort. „Da stimmt was net! Und i werd no arm, gwiß wahr!“
Rotangelaufen und stumm steht der Hiasl da. Von ihm habe ich keine Hilfe zu erwarten und ohne plausiblen Kommentar wird die Bernbacherin die Praxis nie verlassen, soviel ist klar. Zufällig fällt mein Blick auf die aufgeschlagene Zeitschrift auf dem Schreibtisch: der Bandwurm – eine zündende Idee!
„Sag, Hiasl, wie geht 's denn mit dem Stuhlgang?“
„Ja, guat geht 's, grad a Freud is'! Was einigeht, will a wieder außa!“
„Hast 'n schon amal angschaut, den Stuhlgang?“
Mit offenem Mund hört die Bernbacherin zu, dann klappt sie den Mund zu und sagt grimmig: „Also, woaßt, Doktrin, net wegn am Scheißn hab i 'n zu dir bracht, sondern wegn am Z'-viel-Fressn!“
„Schon gut, Bernbacherin, aber sag, Hiasl, könnt 's net sein, daß du manchmal so abgschnittene Spaghettistückerl gsehn hast, auf dem Stuhl?“
„Jaaah – pfeigrad – jetzt, wo du des sagst – manchmal scho – aa wenn i koane Spaghetti gessn hab, hab i s' gsehn

und grührt hat si des Stückl aa!"
Ich setze mich kerzengerade in meinem Stuhl auf und erkläre im Brustton der Überzeugung: „Da ham ma 's ja schon: der Hiasl hat an Bandwurm! Natürlich lass' ich noch die notwendigen Untersuchungen machen, aber die werdn meine Diagnose eh nimmer umhaun und dann treibn wir den Bandwurm ab! Des geht ganz schnell!"
Die Bernbacherin bekommt Augen wie zu Weihnachten und schluckt heftig.
„An Bandlwurm – ja pfui Deifi", staunt auch der Hiasl.
Nach Absicherung der Diagnose ist der therapeutische Verlauf einfach. Ich erkläre dem Hiasl mehrmals, wie er die Tabletten zur Abtreibung des Bandwurms einzunehmen habe, was er essen darf und was nicht und wie er sich zu verhalten habe. Vor allem aber schärfe ich ihm ein, sich nach der Abtreibung des Bandwurms ja zu überzeugen, ob auch der Kopf mit abgegangen ist, denn sonst wären unsere Maßnahmen alle für die Katz.
„Ja, ja", verspricht der Hiasl, ganz ernsthaft geworden. „I schau gwiß, daß des Luada ganz abhaut – ja pfui Deifi!"
Drei Tage vergehen, dann läutet der Hiasl Sturm an der Praxistür und marschiert siegesgewiß, eine zusammengefaltete Zeitung unter den Arm geklemmt – wie ein Torero seine Mantille – ins Sprechzimmer. Dann grinst er wie ein Holzfuchs über das ganze Gesicht.
„Woaßt, i hab mir denkt, soll d' Doktrin selba schaugn, ob des Köpferl von dem Viech dabei is!"
Bei diesen Worten entfaltet der Hiasl sorgfältig die Zeitung, breitet diese ein wenig umständlich mitten im Sprechzimmer auf dem Boden aus und ganz akkurat geringelt liegt auf dem Zeitungspapier der vier Meter lange Bandwurm.
„Schaug", sagt der Hias, „ des da in da Mittn – i hab gmoant, des war des Köpferl", und dann grinst er wieder.
„Und grad hat er mi oblinselt, i mein, der war aa liaba bei mir bliebn als auf dera Zeitung!"
Der Hiasl hat ganz recht: Es ist wirklich ein vollständiger Bandwurm und ein Musterexemplar dazu. Aber nun erhebt sich die Frage nach dem Wohin mit dem Bandwurm, der ja unbedingt unschädlich gemacht werden muß. Und wieder hat der Hiasl eine gloriose Idee: „Also, wennst 'n scho net in den Lokus einischmeißn willst – i mein, wir könnt 'n do aa vabrenna?"
Also tragen wir den Bandwurm samt Zeitung auf die Terrasse hinaus und geradezu feierlich entzündet der Hiasl das Papier. Und bevor die Flammen den armen Bandwurm zur Gänze auffressen, bäumt sich dieser – schon schwarz geworden – auf.
„Siehgst, pfüa di Gott sagt er aa no", sagt der Hiasl.

Das Wunder des heiligen Florian

Das Gewitter im Mai war sehr schlimm gewesen: dunkelblau und gelb war das Gewölk heraufgezogen und hatte zu Blitz und Donner auch Sturmwind und Hagelschauer gebracht. Zwetschgengroß waren die Hagelkörner gewesen und mit dem Schubkarren hatte man sie wegschaffen müssen. Das Gras ist flach am Boden gelegen, vom Mais stehen nur noch armselige Stangerl in der Gegend. Zum Heulen! Und die Obstbäume! Dabei hatten die doch ausgerechnet heuer so schön angesetzt. Von den Blumen gar nicht zu reden: alles ist hin. Und dabei steht Fronleichnam vor der Tür, die Altäre draußen an den Wegrändern sollen zum Bittgang geschmückt werden. Und alles hin! Wie hat der Herrgott dies nur zulassen können, wo doch alles zu seiner Ehre . . .

Am härtesten hat es die alte Lehrerin, das Fräulein Hilgert, getroffen. Ihr ganzer Blumenschmuck liegt mit geknickten Köpfen am Boden!

Das Fräulein Hilgert ist eigentlich schon in Pension, aber sie wohnt immer noch in ihrem Hexenhäuschen mit dem großen Obstgarten gleich hinter der Schule. Und die Kinder hängen immer noch sehr an dem alten Fräulein, weil sie immer noch zu vielerlei Hilfe bereit ist: in ihrem Obstgarten dürfen die Kinder tun und lassen, was sie wollen; wenn einem die blöde Mathe absolut nicht in den Kopf will, darf man zu ihr kommen und sie erklärt und hilft dann geduldig so lange, bis die verflixte Aufgabe auch in den dicksten Schädel hineingegangen ist. Und wenn einer was ganz Schlimmes angestellt hat, dann geht das Fräulein Hilgert sogar zu dem Herrn Lehrer hinüber und redet mit ihm, um wenigstens die größten Strafmaßnahmen abzubiegen.

Das alte Fräulein Hilgert ist also außerordentlich beliebt. Und jetzt sind alle ihre Blumen hin und das Fräulein ist furchtbar traurig, weil sie nichts mehr hat, um das Marterl mit dem heiligen Florian zu schmücken, das direkt an ihrem Gartenzaun steht.

Sie hat nämlich jedes Jahr zu Fronleichnam um den heiligen Florian herum einen Altar aufgebaut und ihn verschwenderisch mit Blumen aus ihrem Garten geschmückt: Schneeball, Pfingstrosen, Kaiserkronen, Lilien und Flieder. Ihren ganzen Stolz setzt sie darein, den schönsten aller Altäre in den Fluren zu haben. Und heuer hat sie gar nichts mehr, sie ist untröstlich und weint sich schier die Augen aus. Wie kann der Herrgott das bloß zulassen?!

Mitten in der Nacht vom Mittwoch auf Donnerstag werde ich aus dem Bett geholt: drei heulende Kinder stehen in der Praxis! Der verdatterte Kilian, sonst immer der Rädelsführer bei sämtlichen Lausbübereien, das Lieserl, seine Klassenkameradin, die einen großen Topf mit heißem, flüssigem Schmalz an den Henkeln hält, und ihr kleiner Bruder, der Karli, der am meisten heult und sich verzweifelt sein fettiges T-Shirt vom Leib zu ziehen versucht. Der Karli hat Verbrennungen zweiten Grades an der Brust und den Oberarmen.

Während ich ihn behandle und verbinde, frage ich die Kinder aus, wie denn so etwas mitten in der Nacht passieren kann. Die Antworten bleiben ein bisserl vage und ungenau und überzeugen mich nicht besonders: der Tante Mari hätten sie den Topf mit dem Schmalz bringen müssen, weil die zu Fronleichnam noch Schmalznudeln habe machen wollen. Mitten in der Nacht?
„Ja freili, warum net, wann s' doch bloß da Zeit hat, die Tant Mari!"
„Und warum glei zu dritt?"
„Ja mei, des Lieserl kann doch net mit'm Karli hint auf'm Radl zur Tant fahrn. Mei, der is ja scho so vui schwer."
„Wer?"
„No, der Karli halt! Und an Topf mit'm Schmalz hat er doch aa halten müssn, der Karli."
„Ja, und nachher bist du Depp z' schnell gradelt und dem Karli is des hoaße Fett übers Hemed ganga. Und jetzt plärrt er!" sagt das warmherzige Lieserl.
Ich bringe die Kinder noch vor die Praxistür, die Neugierde drückt mich halt: an die Hauswand angelehnt stehen zwei Räder und auf dem Gepäckträger von einem Radl entdecke ich einen Petroleumkocher und eine flache Schüssel voll Teig. Komisch!
„Also, ich ruf jetzt eure Eltern an, daß ihr glei zruck kommts!"
„Naa, naa, bloß net – des braucht 's net. I bring die zwoa scho hoam", sagt der Kilian in männlicher Stimmlage. Und das Lieserl setzt kleinlaut dazu: „Woaßt, Doktrin, d' Muada woaß des gar net, daß mir furt san. Mei, die braucht si do net schreckn! Und jetzt is er ja aa wieder beieinand, der Karli. 's wird scho wieda und dank schön aa!"
Dann radeln die Kinder davon, der Karli samt Topf wieder hinten auf dem Radl vom Kilian.
Der Fronleichnamstag ist ein strahlend schöner Tag und unter heiligem Gesang zieht die Prozession durchs Dorf und auf die Feldfluren hinaus. Hochwürden mit der Monstranz unter dem schweren, goldenen Baldachin, der von den Kräftigsten der Gemeinderäte getragen wird. Vor jedem der aufgebauten Altäre wird haltgemacht, der Zug gruppiert sich drumherum und spricht einige Gebete.
Alles verläuft in schönster und frömmster Ordnung: andächtig eben und würdevoll, aber auch ein bisserl langweilig – meinen die Kinder, denen die viele Beterei bis in die Haut hinein reicht. Schließlich kommt man vor den Altar des Fräuleins. Auch hier gruppieren sich die Leute zunächst betend und singend und scheinbar blind für den armselig geschmückten Altar unter dem heiligen Florian und dem Hollerbusch daneben. Auf dem Altar stehen bloß ein paar Vasen mit dürren, blattlosen Fliederzweigen, denen der Asparagus, den das Fräulein mitleidslos gerupft hat, Fülle geben soll.
„Mei, da schaugts her", schrillt da Kilians Stimme über die Köpfe der Andächtigen hinweg und hinein in das murmelnde Gebet, „da hängan ja fix und fertig lauter Hollerkirchel an dem Freilein ihram Hollerbaam!"
Und tatsächlich! Die dem Hollunderbusch zunächst kniende Fanny, eine der ältlichen und notorischen Betschwestern, reißt es verzückt in die Höhe und läßt sie – den blühenden Hollerbusch fest im Auge – mit sich überschlagender Stimme ausrufen: „A Wunder, a Wunder! Der heilige Florian hat wieder a Wunder vollbracht: die Hollerkirchel hängan scho am Baam!"
(Hollerkirchel sind eine echt bayerische Spezialität: Zur Hollunderblüte werden die breitgefächerten Blütenstände gepflückt, zu Hause gewaschen oder auch nicht und in einen dicken Pfannkuchenteig getaucht. Anschließend kommen die teigtropfenden Dolden ins schwimmende Schmalz. Mit Puderzucker bestäubt und noch lauwarm gegessen, schmecken die Kirchel ganz vorzüglich.)
Und der Altar des Fräuleins war doch wieder der beste!

Unsere eigene Leonhardifahrt

Unserem Hochwürden gefällt die Leonhardifahrt zu Tölz eigentlich gar nicht.
„Zu viel Show“, sagt er, „und der heilige Leonhard, der Schutzpatron der Pferde und des Viehs, kommt dabei viel zu kurz. Mir machn unsere eigene Leonhardifahrt in Oberbuchen! Da paßt des grad schön, mir san unter uns und Preußn san dann aa koane da!“ Und in meine Richtung gewandt sagt Hochwürden ein wenig streng: „Und wenn wir schon eine berittene Doktorin ham, dann reit die auch mit! Sie und ihr Roß werdn durchaus aa an Segen vertragn!“
Und Hochwürden weiß das genau, denn schließlich ist er nicht nur in Glaubensdingen Sachverständiger, sondern auch bei den Rössern. Sozusagen ein doppelter Fachmann: Hochwürden hat nämlich selber ein Roß! Es steht bei einem Bauern im Stall, denn im Pfarrhof ist leider überhaupt kein Platz. Dafür darf der Bauer den pfarrherrlichen Haflinger für leichte landwirtschaftliche Arbeiten einspannen. Und ich kann mich einfach nicht des Eindrucks erwehren, daß manche besonders schmissigen Predigten auf dem Pferderücken bei abendlichen Ausritten geschmiedet werden.
Eine Woche nach der Tölzer Leonhardifahrt wird also unser „gscheiter“ Ritt nach Oberbuchen angesetzt. Oberbuchen ist ein kleiner Weiler von drei oder vier Bauernhöfen, und ein wenig außerhalb des Weilers steht recht bilderbuchmäßig ein Kircherl samt Zwiebelturm oben auf einem kegelförmigen Hügel, der ganz und gar von Wiesen überzogen ist. Die Hügelkuppe mit dem Kircherl wird von einer niedrigen Friedhofsmauer umkränzt. Und der kleine Friedhof wird als sehr komfortabel geschätzt: man liegt da so gut und trocken, hat viel Sonne und einen herrlichen Rundblick.
Messe und Segen im Oberbuchener Kircherl sind erst um die Mittagszeit angesetzt, denn nach der Stallarbeit und dem Schmücken des Getiers muß ja erst noch nach Oberbuchen gefahren, geritten und gegangen werden. Und wie sie dann kommen! Von allen Seiten, sternförmig auf das Kircherl zu. Mit wippenden Blumensträußen und flatternden Bändern auf den Pferdeköpfen, die Rinder geschmückt mit den bunten Kronen vom Viehabtrieb von den Sommeralmen. Zwei störrische, lauthals schreiende Esel ziehen Handwägelchen, die schier überquellen von festlich ausstaffierten Kindern. Burschen bemühen sich, die Eselchen möglichst in ständiger Vorwärtsbewegung zu halten. Mehrere Haflinger sind dabei mit weißen, wehenden Mähnen und Schwänzen. Und der Postwirt und sein ältester Sohn haben es sich nicht nehmen lassen, mit ihren starken, gewaltigen Bräurössern mitzukommen, sehr würdevollen Rössern, die nur noch ihrer Kraft und Schönheit wegen zum bloßen Herzeigen gehalten werden. Mit weitgespreizten Beinen sitzen Vater und Sohn drauf, fast schon im Spagat.
Zwei Kinder zerren ihren laut meckernden Geißbock dem Hügel entgegen und der Weiler-Martl hat seine ganze Schafherde dabei. Doch das Vronerl schleift bloß ein Körberl mit, in dem fünf wenige Tage alte Katzerl liegen. Dem Metzger sein Bello und der Deutschdrahthaar vom Jagdpächter sind aneinandergeraten und raufen ganz unchristlich miteinander. Viel Geschrei und noch mehr Aufregung gibt es, bis die beiden Hunde endlich getrennt werden können. Und das alte Fräulein Hilgert hievt schwer atmend einen vorsorglich mit warmen Decken eingehüllten Vogelkäfig hinauf, in dem ihr Kanari hockt.
Wir alle umkreisen den Hügel an seinem Fuß, denn der Pfarrer soll als erster hinauf und den Zug anführen. Aber wo bleibt er denn bloß? Die Viecher werden immer aufgeregter und hampeln herum, vor allem die Rösser und ganz besonders das meine: es tänzelt, schwitzt, wiehert und steigt theatralisch wie ein Reiterstandbild.
„Mei, is des a schöns Roß!“ sagt der Kilian und streckt die Hand aus, um es zu streicheln.
„Geh bloß weg!“ kann ich gerade noch schreien und da schlägt der Florian auch schon aus, daß die Fetzen fliegen und der Kilian nur noch verschreckt auf die Seite springen kann.
Und dann kommt er, endlich, der Herr Pfarrer, wird ja auch langsam Zeit.
Am Abend zuvor hat er seinen Haflinger zum Wieserbauern geritten, der der

Leonhardiritt in Oberbuchen

nächste am Kircherl ist, und bei ihm über Nacht eingestellt. Sein weißes, spitzenbesetztes Chorhemd hat der Herr Pfarrer über die Reithosen gezogen und gerade wie eine Kerze sitzt er im Sattel. Zwei Ministranten – auch in Chorhemden – führen den Haflinger rechts und links am Zügel und bemühen sich krampfhaft, würdevoll dreinzuschauen. Der Mesner stürzt beim Wiesner aus dem Haus und rennt dem Pfarrer nach, der gerade am Fuß des Hügels halt gemacht hat und uns allen zuwinkt und uns deutet, uns, so gut es eben geht, hinter ihm aufzustellen.
„Halt, halt – warts a bisserl!" schreit der Mesner. „'s Weihwasser!"
Hochwürden bestimmt die beiden Buben dazu, daß einer den Kessel mit dem Weihwasser trägt und der andere das Beserl, das zum Verspritzen des Wassers dient. Zugleich sagt er ihnen recht nachdrücklich, daß sie endlich sein Roß auslassen sollen, er, Hochwürden, könne gewiß allein reiten. Aber mitkommen sollen sie schon, ihm und seinem Roß stets griffbereit zur Seite.
Dann gibt der Herr Pfarrer seinem Rößlein die Fersen und ab geht die Post, beziehungsweise der Herr Pfarrer, und das im vollen Galopp: das Chorhemd weht mit dem Schweif und der Mähne des Haflingers um die Wette; das Käppi hat der Herr Pfarrer gerade noch vorm Absturz retten können. Und die beiden Ministranten rennen auch – zu Fuß versteht sich –, als ob der Leibhaftige hinter ihnen her wäre und der Pepi verschüttet das ganze Wasser aus dem Weihwasserkessel. Der Pfarrer galoppiert spiralförmig um das Kircherl herum den Hügel hinauf, schraubt sich quasi hinauf, damit der schönste Teil des Leonhardiritts verlängert und gebührend ausgekostet werden kann. Im wilden Durcheinander rennt alles Getier und das Fußvolk hinter dem Pfarrer her, schnauft, keucht und hetzt, als ob sie den Segen des heiligen Leonhard gar nicht mehr erwarten könnten. Dann sprengt Hochwürden durch das enge Friedhofstürchen und zügelt sein Roß vorm Kirchenportal. Die Buben – ohne Schnauferer und ganz fertig – dürfen das Rößlein halten, während der Herr Pfarrer das Kirchlein betritt.
Im Friedhof wird es eng, aber das Malheur passiert erst, als der Sohn vom Postwirt mit seinem dicken Bräuroß im schmalen Friedhofstürchen stecken bleibt. Er ist nämlich – dem pfarrherrlichen Beispiel folgend – auch durchs Türchen gesprengt, aber das Bräuroß ist mit dem Bauch hängengeblieben: die eine Hälfte des Pferdes ist drinnen im Friedhof, die andere noch draußen. Alle kräftigen Männer müssen her: die einen schieben am feisten Hintern an, die anderen ziehen am Roßhaupt. Und der Jackl bleibt jammernd und mit hochgezogenen Füßen auf seinem Roß sitzen. Aber hinein muß er, der Heiter! Und tatsächlich: nach viel gutem Zureden und noch mehr Zucker läßt das Roß die Luft raus und läßt sich in den Friedhof hineinschieben.
Ich habe diese Schwierigkeit mit meinem Florian nicht, aber steigen will er, als wir unter dem Türbogen sind. Gerade noch! Und dann sind wir auch drinnen. Aber die Leute und die Viecher drängeln schon recht arg: alle wollen vom Segen was mitkriegen. Meinem Florian wird das zu viel, er regt sich furchtbar auf, hampelt herum und ich kann ihn nicht zum Stillstehen überreden.
Und dann fängt der Mesner auch noch an, ganz heftig das Totenglöckerl zu läuten, und das ist wirklich zu viel für meinen Florian: er steigt und geht nach der allerschönsten Levade mit den Hinterbeinen rückwärts und – „wumms" macht es und wir sind einen guten halben Meter kleiner, weil wir im Grab vom Schreinermeister Höbl stehen. Das Grab ist nämlich noch ganz locker aufgeschüttet, weil der Höbl erst vor drei Tag beerdigt worden ist. Am Herzinfarkt ist er gestorben, ganz schnell! Es war wirklich nichts mehr zu machen gewesen! Der Florian gibt sich einen Ruck und zieht tapfer die Beine wieder heraus. Und er beruhigt sich augenblicklich, weil er einen wunderbaren Kranz vom Kriegerverein entdeckt hat, der ihm sehr gut schmeckt.
Und die ganze nächste Woche geht im Dorf das Gerücht um: „Der alte Höbl, der Bazi, hätt bald insere Doktrin zu sich ins Grab einigholt und die Kränz hat sie eahm net vagunnt."
Gut, daß keine Preußen als Zuschauer dabei gewesen sind.

Die stattliche Frau Moserl – ein Kapitel für sich

Früher vor dem modernisierenden Umbau hat es mir bei unserem Kramer besser gefallen. Es roch damals noch so anheimelnd und alles lag und stand kunterbunt und friedlich nebeneinander: das offene Heringsfaß, die Äpfel neben den billigen Schürzenstoffen, die Abführtees im Regal neben dem Käsesortiment und dem Tiegel für Huffett für die Pferde. In unmittelbarer Nachbarschaft davon waren Büstenhalter sämtlicher Größen gestapelt.
Eines Tages, während ich mich gerade für das Huffett interessiere, sehe ich die dickbusige, breithüftige Frau Moserl zum ersten Mal. Zum ersten Mal zumindest mit Bewußtsein und mit wachsendem Interesse: Frau Moserl will einen BH erstehen und wird von der Nichte der Kramerin bedient. Das Annerl hat ihr schon eine ganze Reihe vorgelegt, alles größere Bauarten dieses Mobiliars, aber Frau Moserl ist immer ungeduldiger und unduldsamer geworden.
„Was soll ich mit dem Zeug da!" zischt sie und reißt dem Annerl einen äußerst voluminösen BH aus der Hand.
„Ich bin schließlich", sagt Frau Moserl so laut, daß ich es hören muß, „eine stattliche Frau und nicht so ein Würstchen wie du und die da", und ihre geringschätzige Kopfbewegung weist geradewegs auf mich, „und mein Gatte liebt nur stattliche Frauen!"
Monate später beehrt mich Frau Moserl in der Praxis. Während der Therapie kommen wir beide in einer Art Waffenstillstand ganz gut miteinander aus. Allerdings nennt sie mich konstant und betont: „Fräulein Doktor!"
Aber da man eine Frau Moserl am besten nicht korrigiert – und schon gar nicht wegen Nebensächlichkeiten, wenn einem das Leben lieb ist –, laß ich das „Fräulein Doktor" unwidersprochen.
Dann aber, als Frau Moserl wieder erscheint, trage ich zufällig meinen Ehering und Frau Moserl erspäht diesen sofort.
„Jetzt da schau her", sagt die stattliche Frau Moserl, „das hätt i net glaubt! Sie sind ja verheirat! Da schau her! Sagn S', Frau Doktor, habn Sie denn gar nix Gscheits gheirat?"
„. . .?"
„I moan, Sie habn nix Gscheits, nix Solides gheirat, wo Sie no allerweil arbeitn müssen!"
Es ist beim Kramer, wo ich Frau Moserl wiedersehe.
„Ja, Frau Doktor, wie praktisch, daß i Sie treff! I muß Ihnen unbedingt was erzähln!"
„Hm!" muffel ich unfreundlich.
„Wissn S'", fährt sie unbeirrt fort, „i bin a paar Tag im Niederbayrischn gwesn bei meiner Schwester – so zur Erholung, muß doch aa sein! Und stelln S' Eahna vor, bloß die paar Tag Trennung von mir habn meim Gatten so zugsetzt, daß er fast an seiner Männlichkeit erkrankt wär!"
„Wie bitte, was?"
„Ja, Schmerzen an seiner Männlichkeit hat er ghabt, starke Schmerzn und nur von wegen der Trennung von mir! Stelln S' Eahna des vor! Na ja, wir sind ja scho a alts Ehepaar, aber – na, Sie verstehn schon! Und nachher war 's aa glei besser mit seine Schmerzen – nach meiner Heimkehr. Aber am nächsten Tag hat er do no amal Schmerzn kriagt, ganz furchtbare sogar und bis ganz vorn. Und wie er dann Wasser ablassn ganga is, hat 's ‚Klick' gmacht in da Schüssl. Und da schaun S' her, das habn wir rausgfischt!"
Bei diesen Worten kramt Frau Moserl mit einem glücklichen, ja fast triumphalen Lächeln ein Schächtelchen aus ihrer Tasche und öffnet es siegesbewußt.
„Da schaun S'! Seine komprimierte Männlichkeit!"
Vor meinen erstaunten Augen liegt ein kleines, zwar unangenehm zackiges, spitziges, aber nichtsdestoweniger unschuldiges Nierensteinchen! Ja, und dumm wie ich nun einmal bin, erkläre ich der irrsinnig stolzen Frau Moserl: „Ihr Mann hat Nierenkoliken gehabt und das da ist ein Nierenstein, der spontan abgegangen ist!"
Dabei soll man doch niemanden von einem Piedestal herunterholen, auch nicht, wenn er sich selbst hinaufmanövriert hat!
Und der Herr Moserl grüßt mich auch nicht mehr.

Postume Hymne an Hochwürden

Der Grabstein des Pfarrers im idyllisch am See gelegenen Friedhof zeigt an Kanten und Fugen bereits einen moosig-grünen Schimmer. Dennoch liegen auf dem Grab stets frische Blumen: Hochwürden war sehr beliebt! Und auf dem Grabstein ist außer dem Namen und den Lebensdaten des Pfarrers noch jener Refrain zu lesen, mit dem er jede seiner bemerkenswerten Predigten schloß: „Leutln, i sag 's euch: Da werdets schaun!"

Bei diesen Predigten, die er schon zu einer Zeit in Mundart hielt, als deutsche Schlager noch in Englisch gesungen wurden, nahm er nur selten Bezug auf das große Erbauungsbuch, sondern wählte lieber wirklichkeitsnahe Alltäglichkeiten zur Besprechung aus. So predigte er an schönen Sommertagen gerne über die Unkeuschheit im allgemeinen und über die außerordentliche Gefährdung seiner Schäflein im besonderen, wenn am Seeufer knackigbraune und fast nackte Städterinnen in der Sonne lagerten. Hochwürden hatte scharfäugig beobachtet, daß seine Schäflein – vorwiegend die männlichen – an solchen Sonnentagen urplötzlich ein besonders dringendes Bedürfnis zum Spaziergang am Seeufer überkam.

Als Hochwürden gerade bei der Schilderung des besonnten Seeufers angelangt war und in der gesamten Kirche andächtigste Stille herrschte, just in diesem Augenblick öffnete sich, in der Angel knarzend, die hohe Kirchentür und vorsichtig, still und heimlich schlich der Moser-Benedikt in die Kirche. Aber Hochwürden hatte nun mal scharfe Augen, unterbrach sich deshalb selbst im Fluß seiner Predigt und rief so laut durch das Kirchenschiff, daß sich alle Andächtigen erschrocken umdrehten: „Des mag i scho! Zerst die ganze Nacht beim Schafkopfn sei" – Hochwürden war selbst ein leidenschaftlicher Kartenspieler und war wie üblich am Samstagabend bei seinen Skatbrüdern gesessen, hatte sich aber wegen der sonntäglichen Messe rechtzeitig verabschiedet – „und koa End findn könna, aber nachher z' spät in 'n Gottesdienst kommn! Des ghört si net – i sag 's dir und euch, Mannder!" so fuhr er in seiner Predigt fort. „I sag, des ghört si aa net, daß ihr allerweil um die nackerten Gstadterinnen umananderflankerlts! Und unkeusch is des aa, wanns ihr no so große Sonnenbrilln aufsetzts. Der Herrgott sieht 's trotzdem, merkts euch des und später amal – Leutln, i sag 's euch: Da werdets schaun!"

Nur bei zweien seiner Predigten wandelte Hochwürden den Schlußrefrain ein wenig ab. Und diese Predigten hatten beide eine Vorgeschichte, die allen seinen Schäflein bekannt war.

Die erste Geschichte:

Das schöne, alte Pfarrhaus steht in einem großen Garten und dieser Garten zieht sich bis zum Seeufer hinunter. Wenn Hochwürdens männliche Schäflein das Seeufer zur Sommerszeit bevorzugten, so tat Hochwürden dies vornehmlich im eiskalten Winter. Hochwürden war nämlich ein schlanker, hochgewachsener Mann und sportlich-drahtig. Und er hielt den Brauch, des Morgens früh ein Bad im See zu nehmen, von Antritt seines pfarrherrlichen Amtes in der Seegemeinde bis ins hohe Alter hinein aufrecht. Diesem Brauch frönte er mit ganz besonderem Genuß zur Winterszeit, wenn er sich im Morgengrauen, barfuß und nur in einen Bademantel gehüllt, vom Pfarrhaus aus durch den verschneiten Garten zum Seeufer hinunter aufmachte. Er war dann mit einem Pickel ausgerüstet und brach sich fröhlich ein Loch ins Eis, bevor er ins eiskalte Naß tauchte. Die zufällig schauenden Anrainer erschauerten.

Im Winter, der Hochwürdens siebzigsten Geburtstag vorausging, ergab sich eine Änderung im pfarrherrlichen Brauchtum. In der dem Pfarrhaus benachbarten Villa hatte sich ein berühmter Altstar weiblichen Geschlechtes eingemietet, um in besinnlicher Abgeschiedenheit den Winter gesund zu überstehen.

Und damit hatte Hochwürden früh morgens beim Bade Gesellschaft bekommen! Er hackte jetzt das Loch in der Eisdecke ein wenig größer und ließ der Dame kavaliersmäßig den Vortritt, bevor er in die Fluten tauchte – nach der Dame versteht sich. Die zufällig schauenden Anrainer staunten.

Sicher wehte der Wind nicht von der Roseninsel her, wie zu Zeiten unseres geliebten Bayernkönigs Ludwig, aber der Wind wehte bis ins bischöfliche Ordinariat. Und Hochwürden wurde zum Bischof zitiert.

Das ganze Dorf wußte um Hochwürdens Reise ins ferne bischöfliche Palais und am Sonntag nach seiner Rückkehr war die Kirche brechend voll, und keiner kam zu spät, aber alle fieberten der Predigt entgegen: Was wird er sagen? Was hat der Bischof gesagt? Wird Hochwürden vielleicht nicht gar doch noch ...?

Dann war es endlich soweit! Hochwürden wandelte gemessenen Schrittes der Kanzel entgegen, blickte dabei seinen Schäflein in die vor Neugierde blassen, gespannten Gesichter. Die weiß und goldene Barockkanzel wird von beschwingten Putten und Engeln getragen, ein schmales Treppchen windet sich hinauf und am Beginn des Treppchens wacht ein großer, üppig geschnitzter Engel, damit kein Unbefugter die Kanzel betreten möge.

Hochwürden hob das Bein und setzte bereits den Fuß auf die unterste Stufe, als er nochmals einen forschenden Blick in die Gesichter seiner Schäflein warf. Mitten in der Bewegung hielt er inne, legte dem wachhabenden Engel die Hand auf das Haupt, wandte sich in einer halben Drehung den Gläubigen zu und sagte: „Leutln, wenn i euch so anschau – i muß sagn: Bets für mi, bets!" Dann wandte er sich erneut um, schritt gemessen dem Altar zu und setzte die Messe fort.

Die zweite Geschichte:

Die Krankenkassen hatten einmal jährlich die Krebsvorsorge bei Männern und Frauen genehmigt. Während die Frauen sich relativ pünktlich zur Untersuchung einstellten, zögerten die Männer doch sehr: sich von einer Doktorin untersuchen lassen – bei so was?

Dann kam ein Mann mit einem so fortgeschrittenen Prostatakrebs in die Praxis, daß jede Hilfe viel zu spät kam. Das grausige Leiden war so qualvoll, daß der Tod Erlösung bedeutete.

Einen Tag nach der Beerdigung kam Hochwürden ganz demonstrativ zur Krebsvorsorge in die Praxis und am folgenden Sonntag schloß er seine Predigt mit den Worten: „... also, Leutln, i sag 's euch: Gehts hin, gehts hin!"

Das soziale Mitleid

Erich Kästner sagte einmal: „Das Gute gibt es nicht – man muß es tun."
Aber mit dem Tun ist es so eine Sache: Man macht sich dabei so leicht die Hände schmutzig und wir sind doch alle so saubere Menschen!
Früher – in der guten alten Zeit – soll einen Christenmenschen die mitleidige Nächstenliebe überfallen haben, wenn er einen anderen in Not gesehen hat. Aber die Zeiten sind ja längst vorbei, Käse von vorgestern!
Wäre bloß nicht dieses verdammte schlechte Gewissen, manchmal beißt das noch! Aber wir sind ja modern! Und darum haben wir das soziale Mitleid entdeckt!
„Soziales Mitleid – so ein Schmarrn!" Sie kennen es nicht? – Glaube ich nicht, denn es grassiert hochinfektiös und epidemieartig wie eine neue Sucht. Soziales Mitleid ist eine gute Sache und befriedigt ungeheuer: Es beruhigt das schlechte Gewissen, die eigenen Hände bleiben sauber und – es versetzt andere in Arbeit. Denn es ist ja viel besser, wenn Fachleute an die Notlagen rangehen, selber würde man da doch nur rumpfuschen! Und im Zweifelsfall einer Notlage ist immer der Doktor der zuständige Fachmann: der muß einfach, denn er muß es von Amts wegen verstehen, hat sogar geschworen zu helfen, und ein Christenmensch soll der Kerl ja auch sein!
Der Meier kommt zufällig an einem Verkehrsunfall vorbei: Das Auto hängt zerdeppert am Baum und einer liegt mitten auf der Straße. Der Meier setzt sein eigenes Auto der Gefahr aus, indem er es mit Warnblinkanlage mitten in der Straße vor dem Verletzten abstellt! Er verständigt auch Polizei und Notarzt – großartig, tadellos! Aber den Verletzten auf die Seite betten, Erste Hilfe leisten, nein, bitteschön, schon wirklich nicht! Erstens kann er sich an den Erste-Hilfe-Kurs überhaupt nicht mehr erinnern, er könnte ja was falsch machen, und dann – wer zahlt ihm schon die Reinigung und bringt ihm die untergeschobene Decke zurück?
Aber er wartet, der Herr Meier, was der Doktor macht, schaut dem Kerl genau auf die Finger, damit auch alles seine Ordnung hat und der seine Pflicht tut, so wie er seine getan hat. Und schließlich kriegt der ja auch noch Geld dafür!
Die Susi hängt den ganzen Sonntagnachmittag herum und grantelt und die lästige Fragerei von der Mama geht ihr auch schon lang auf die Nerven. Und damit sie ihre Ruhe hat, sagt sie: „Mei, schlecht is mir, Kopfweh hab i und i moan, i muß speim!"
„Um Gotts willn! Die Verantwortung kann ich net übernehmen, da muß glei der Doktor her!"
Und dem wegen eines Kreislaufkollapses des Fräulein Tochter herbeigeeilten Doktor gesteht diese, daß ihr die Pillen ausgegangen sind, wo sie heut abend doch „a Randewu hat"!
Also am Sonntagvormittag steht einem gestandenen Mannsbild doch wohl noch ein Frühschoppen beim Wirt zu, oder?

Und wenn sich dann die Oma einbildet, daß sie unbedingt zu ihrer alten, klapprigen Schwester muß – bitte schön, wir tun ja alles um des lieben Friedens willen – was macht dann schon das bisserl Rausch?
„Bloß des blöde Mäuerl vorm Misthaufen vom Schuster drunt in der Kurven – des is halt im Weg gwesn! Naa, scho wirkli net des bisserl Bier – und a Mordsglatteis war! Aba d' Oma, wann die si was in Kopf gsetzt hat – oh mei – und ogschnallt war s' aa net, des blöde Luada", sagt der Pauli.
Mit dem Gesicht hat die Oma die sogenannte Sicherheitsscheibe durchschlagen und da, wo eigentlich Mund und Lippen sein sollten, hängen ausgefranste, blutige Fetzen herum.
„Gei, Doktrin, du schaugst scho nach da Oma, flickstas wieda zamm, woaßt, i muß glei no nach . . ."
Über eine Stunde nähe ich, flicke und passe zusammen, aber dann bin ich mächtig stolz: die Oma hat wieder Lippen und wenn man von den vielen Fäden absieht, schaut auch das Gesicht wieder ganz passabel aus.
Die gesamte Familie ist inzwischen ausgeflogen; es ist ja schließlich Sonntagnachmittag geworden! Also bringe ich die Oma nach Hause, stecke sie ins Bett und verspreche ihr, während der Woche jeden Tag nach ihr zu sehen.
Klar, am nächsten Tag sieht die Oma nicht mehr so gut aus: das Gesicht ist verschwollen, verspannt und blutunterlaufen und den Mund bringt sie auch kaum mehr auf. Deshalb gebe ich der Schwiegertochter die Anweisung, die Oma nur mit weicher, breiiger Nahrung zu versorgen, damit sie nur zu schlukken, nicht aber zu kauen braucht. Notfalls löffelweise oder mittels einer Schnabeltasse. Die Schwiegertochter schaut recht skeptisch.
Am nächsten Tag sieht die Oma auch nicht besser aus. Die Schwiegertochter steht dräuend und finsteren Blickes am Fußende des Bettes und schüttelt beständig und wutentbrannt den Kopf. Die wortlose Oma aber umklammert mit ihren Spindelfingern meine Hand und drückt wie verrückt. Ich zeige der Schwiegertochter, wie man den Kopf von der Oma halten muß, wie man sie füttert. Ich stoße auf keine Gegenliebe.
Am nächsten Tag empfängt mich die Schwiegertochter bereits hinter der Haustüre:
„Also, Frau Doktor, so geht 's net weiter, des is a Quälerei – die Alte muß ins Krankenhaus! Da kann sie richti pflegt werdn, i kann des net guat gnua!"
„Ich schau mir zuerst einmal die Oma an!"
Die kennt offensichtlich genau die Meinung ihrer Schwiegertochter, greift mir an den Pulli und zieht mich zu sich hinunter, um mir zuflüstern zu können: „Net – bitt schön!"
Unter der Haustüre stehend erkläre ich bündig: „Die Oma bleibt da!
Du brauchst nur gute Suppen zu kochen und der Oma einzugeben. Das kannst du auch ganz sicher – du hast deine Kinder ja auch großgezogen!"
Am folgenden Tag ist der Pauli selber da und zieht mich in die Küche, bevor ich zur Oma in die Kammer gehen kann.
„Also so geht 's net weiter – d' Oma muß ins Kranknhaus! Mei Alte kann des nimma damachn, des is z' vui!"
Was soll ich machen? Sagen, daß es der Oma mit jedem Tag nur besser gehen kann, daß das bisserl Kochen und Füttern doch keine große Aufgabe ist, daß die Gesichtsverletzung keine Indikation zur Krankenhauseinweisung hergibt, daß aus Sparsamkeitsgründen ausgegeben worden ist, ins Krankenhaus nur wirklich notwendige Fälle zu schicken und daß ich zur gegebenen Zeit sogar meine täglichen Hausbesuche der Krankenkasse gegenüber als notwendig werde verantworten müssen. – Der Pauli würde mir niemals glauben!
Also setze ich meine ganze Beredsamkeit und mein Ansehen ein, um ihn zu überstimmen in einer Angelegenheit, in der die Wahrheit allein genügen müßte.
Es kommt fast zum Familienaufstand, aber schlußendlich und nach hartem Ringen gelingt es mir doch, mich durchzusetzen: die Oma bleibt zu Hause und wird von der Schwiegertochter bekocht.
Das Gesicht von der Oma ist jetzt längst abgeheilt: keine Schwellungen, keine Blauverfärbungen; die Fäden sind gezogen und wenn mir die Oma zufällig auf der Straße begegnet, denke ich jedes Mal, daß dies das schönste Altfrauengesicht ist, das ich kenne.

Liebe, medizinisch

Wenn die Liebe in die Bannmeile der Medizin gerät, erhält sie allemal einen ganz besonders gearteten Blickwinkel. Und wenn ich von meiner ärztlichen Sicht aus an eine Liebesgeschichte denke, fallen mir immer Vitus und Roseli ein.
Vitus ist der Erbe des Großthalerhofes. Ein junger Mann, groß, blond, kräftig und gutmütig bis zum „Gehtnichtmehr".
Roseli ist auf der Höll zu Hause, sie ist siebzehn, als ich zum ersten Mal auf die Höll komme. Sie ist zierlich, dunkelhaarig und von einer wilden Exotik umweht, wie eine südliche Pflanze, die es in fremde Erde verschlagen hat. Eigentlich heißt sie Johanna, aber ihre Großmutter nennt sie Roseli nach dem Heideröschen. Ihr Vater ist Kleinbauer auf der Höll, einem abgeschiedenen Hof, der eigenartigerweise nicht in einer Talsenke – wie dem Namen nach zu vermuten –, sondern hoch oben auf einem schwer zugängigen Hügel liegt. Nur ein schmaler, steiler Weg führt hinauf, den sich mein armes Auto so manches Mal hinaufquält. Zweimal muß man durch Bachfurten fahren und dann geht es steil hinauf, rutschig bei Nässe und Schnee, dem Absturz jedes Mal sehr nahe.
Lange Zeit lebte der Höllbauer als Junggeselle, hauste mit seiner alten Mutter zusammen und war nicht gerade mit Fleiß und Ehrgeiz geschlagen. Außerdem war er bresthaft, denn er hatte ein angeborenes Hüftleiden.
Roselis Mutter ist Kaukasierin und Analphabetin. Am Ende des Krieges ist sie mit den zurückflutenden Resten der ehemaligen deutschen Wehrmacht nach Bayern zurückgetriftet. Weiß der Himmel, welch ein Wind sie auf die Höll geschlagen hat; jedenfalls blieb sie hier hängen und als ich sie kennenlerne, ist sie längst eine biedere, aber schmuddelige Ehefrau und Kleinbäurin geworden, die sich recht und schlecht mit Haus und Hof abquält, während ihr Ehegespons, der Hannes, das Arbeiten endgültig eingestellt hat.
Auf die Höll hinaufgerufen, sehr dringend hinaufgerufen, werde ich zum ersten Mal im Winter während eines fürchterlichen Schneesturms. Durch die beiden vereisten Bachfurten kämpft sich mein Wagen noch durch, aber an einer Steilstelle, weitab von der Höll, bleibt er hoffnungslos hängen, und ich muß einsehen, daß ich mich weder mit dem Auto, noch zu Fuß bis zur Höll hinauf durchkämpfen kann. Ich bin heilfroh, daß ich den Wagen rückwärts rollend wieder flott machen und unter einer hohen Fichte wenden kann.
Auf der Fahrt zurück quält mich der Gedanke an die hilflose Schwerkranke oben auf der Höll und ich fluche laut über dieses Glump von einem Auto. Da erinnere ich mich meines Großvaters, der in der autolosen Zeit Arzt gewesen war und seine Hausbesuche im Pferdewagen absolviert hatte. Also hole ich – zu Hause angekommen – mein Pferd aus dem Stall und mache mich, weit sicherer als zuvor, mit nur einer Pferdestärke auf den Weg. Gefahrlos erreiche ich dann auch mit Florian die stürmische Höhe der Höll.
Die Großmutter liegt mit einer schweren Venenentzündung darnieder, eine lebensbedrohende Lungenembolie ist zu befürchten. In der alten,dunklen Küche spreche ich mit Hannes und seiner Frau über den möglichen Tod der Großmutter, und der Wind pfeift heulend ums Haus. Da wird die Tür, die geradewegs ins Freie führt, aufgerissen und der Wind bläst sie noch weiter auf, so daß sie gegen die Wand schlägt. Im offenen Türrahmen steht Roseli, geheimnisvoll beleuchtet von der Sturmlampe, die sie in der Hand hält. Ihr langes, rabenschwarzes Haar umflattert sie wild und voll eigenen Lebens, Schneeflocken treiben mit ihr, sie tanzend umwehend, ins Haus. Ein verirrter Fremdling, ein wilder Sproß, der in viel wärmere Gegenden gehört und dennoch in diesem pfeifenden Sturm, dieser wilden Kälte zu Hause ist. Dann schließt sie die Türe hinter sich, ihr Haar hängt nun strähnig um ihr schmales, dunkelhäutiges Gesicht. Dunkel leuchten auch ihre großen Augen. Nicht einmal die ausgebeulten Jeans, die klobigen Stiefel und die zottige Wolljacke können die Zartheit ihrer Gestalt verdecken.
Ich starre sie an, bis ihre Mutter sie keifend beschimpft, weil sie sich wieder einmal draußen herumgetrieben habe, während im Stall so viel Arbeit darauf warte, getan zu werden und die Groß-

mutter sich zum Sterben bereite.
Keine einzige Bewegung rinnt durch Roselis Gestalt während der mütterlichen Schimpftirade, nur ihre Augen blitzen; ihr Gesicht bleibt gelassen, als wäre sie taub.
Seufzend gibt die Mutter das rauhkehlige Geschimpfe auf und erklärt mir mit vielen rollenden Rs auf der Zunge, daß ihre Bemühungen um Roseli hoffnungslos seien, sie tauge eben nichts.
Nur langsam gesundet die Großmutter und erholt sich erst bis zum Frühjahr so gut, daß sie das Bett verlassen und tagtäglich die harte Ofenbank beziehen kann – zum Stricken unzähliger Socken, in deren Herstellung sie ihren weiteren Lebenszweck erkennt. Bei meinen Hausbesuchen sehe ich Roseli nur selten, denn sie arbeitet draußen auf den Weiden und im Wald, fast wie ein Mann. Wie sie das bei ihrer körperlichen Zartheit schafft, ist mir ein Rätsel.
Als auch die Großmutter während ihrer Krankheit geglaubt hatte, daß ihr Ende nahe sei, hatte sie mir verraten, daß sie den Hof ihrer Enkelin vererben werde und nicht ihrem eigenen Sohn, da sie trotz Roselis jungen Jahren den Hof, an dem die Großmutter sehr hängt, bei ihr in besseren Händen wisse.
An einem schönen Maitag will Roseli Holz mit der Kreissäge aufarbeiten. Der Vater hat ihr die Kreissäge im Hofraum aufgestellt, und als Roseli klagt, die Säge stehe nicht fest und sicher, tut ihr Vater dies als Ausrede ab und rückt seinen Stuhl wieder in die Sonne.
Fast die Hälfte des Holzes ist aufgearbeitet, als die Kreissäge an einem harten, starkastigen Stück Holz zu wanken beginnt und schließlich umkippt. Roseli will die Säge abfangen und stemmt automatisch ihren Körper dagegen. Die Säge kippt dennoch, reißt Roseli um und kommt erst – auf ihrem Schoß liegend – zum Stillstand. Erschrocken läuft die Mutter herbei, befreit Roseli und fängt zu schreien an, als sie Roselis zerfetzte Jeans und das Blut sieht.
„Schnell, du mußt zum Doktr! Um Gottes willen, fahr zu, fahr glei zu!“ ruft sie und denkt in ihrer Aufregung nicht mehr daran, wie Roseli denn fortkommen sollte. So holt Roseli selbst zwei Handtücher, windet diese um die blutenden Oberschenkel, schleppt sich zur Scheune und will eben ihr Fahrrad besteigen, als sie merkt, daß sie den rechten Oberschenkel kaum mehr heben kann. Also sucht sie sich einen Strick, bindet mit diesem ihren rechten Fuß an das Pedal, daß sich das Bein einfach mitbewegen muß und fährt los. Tatsächlich schafft sie den abschüssigen Weg bis zur Hauptstraße. Dann aber beginnt das Blut durch das Handtuch hindurchzutropfen und Roseli wird zum ersten Mal übel. Grauer Nebel legt sich über ihre Augen, die Alleebäume beginnen sich zu drehen und dann wird alles weit entfernt und still.
Vitus war auf dem Viehmarkt gewesen und hatte Rinder verkauft. Vergnügt fährt er mit dem Traktor in Richtung Heimat und ist sehr mit sich und der ganzen Welt zufrieden, da er beim Viehverkauf gute Preise erzielt hat. In Gedanken rechnet er nochmals seinen Gewinn aus – was einige Zeit in Anspruch nimmt. Deshalb bemerkt er auch zunächst das vor ihm radelnde Mädchen nicht. Er wird erst aufmerksam, als dieses bedrohlich zu wanken anfängt und steigt erschrocken auf die Bremse, als das Mädchen mitsamt dem Rad stürzt und bewußtlos liegen bleibt.
Entsetzt läuft Vitus auf das Mädchen zu, erfaßt mit raschem Blick die Lage, befreit den an das Pedal gebundenen Fuß und hebt mühelos das bewußtlose Mädchen hoch. Vorsichtig bettet er es in das Stroh des leeren Viehanhängers, steigt auf den Traktor und rattert so schnell los, wie es der Motor hergibt.
Ich bin gerade im Gang auf dem Weg vom Labor zum Sprechzimmer, als die Tür aufgestoßen wird und Vitus mit dem bewußtlosen Mädchen auf seinen Armen erscheint. Zu längeren Betrachtungen ist keine Zeit. Vitus legt Roseli auf den Operationstisch und wird dann ins Wartezimmer abgeschoben.
Alle Vorbereitungen werden auf das rascheste getroffen. Nachdem die Infusion läuft, die Anästhesie ihre Wirkung getan hat und die Wunden gewaschen sind, kann ich mir die Verletzungen genauer ansehen. Eine schlimm zerfetzte Wunde zieht sich schräg über den ganzen Oberschenkel, hat die Muskulatur durchtrennt, ein Stück der Kniescheibe gespalten und sogar die Gelenkkapsel eröffnet. Der

linke Oberschenkel ist nicht so böse zugerichtet, nur eine lange Fleischwunde ist hier entstanden. Die beiden Hände haben lediglich Schürfwunden abbekommen, zum Glück keine Sehnenverletzungen.
Ich nähe ziemlich lange und lege am Ende noch einen Oberschenkelgips am rechten Bein an. Dann steht plötzlich die Frage im Raum: Wie kommt Roseli wieder nach Hause?
Den Vitus habe ich vergessen, aber Schwester Hilda erinnert sich an ihn, der die ganze Zeit über still und brav im Wartezimmer gesessen hat. Schwester Hilda fragt ihn, ob es ihm möglich sei, Roseli heim auf die Höll zu bringen.
„Selbstverständlich!" ruft er jubelnd. „Überallhin bring i die Kloane, sogar bis in die Höll!"
Dann stürmt er fort, den unpassenden Traktor mit einem Auto zu vertauschen. Nach seiner Rückkehr führt ihn Schwester Hilda in den Operationsraum und Roseli schaut ihm entgegen. Ihre Beine sind weiß von Gips und Verband, aber die blutigen Tücher, das gebrauchte Instrumentarium sind noch nicht beiseite geräumt. Vitus mustert dies mit einem entsetzten Blick, wird käsweiß und muß sich einen Augenblick lang am Türrahmen festhalten. Dann kehrt seine Farbe zurück, er gibt sich einen mannhaften Ruck und schiebt seine Arme unendlich behutsam unter Roselis Körper, bettet sie an seine Brust und trägt sie zum Auto hinaus.
Ich aber habe den Blick gesehen, den die beiden getauscht haben!
Ui jegerl, das war heiß: da hat der Blitz eingeschlagen!
Es versteht sich von selbst, daß ich Roseli auf der Höll besuche, solange sie bettlägerig, beziehungsweise gehunfähig ist. Aber später, als sie nur noch zur Nachbehandlung in die Praxis kommen muß, läßt es sich der Vitus nicht nehmen, Roseli selbst zu mir zu bringen und nach dem Verbandswechsel wieder nach Hause zu fahren.
Im Spätsommer wird Roselis Behandlung abgeschlossen: die Wunden sind gut vernarbt, die Beine frei beweglich. Und ich bekomme Roseli nicht mehr zu Gesicht.
Als es aber auf Weihnachten zugeht, kommt sie in die Sprechstunde und wartet geduldig, bis diese zu Ende geht: sie will die letzte Patientin sein. Ein wenig scheu – so wie es ihre Art ist – tritt sie ins Zimmer und schaut mich dennoch vertrauensvoll an.
„I komm eigentli net als Patientin. I möcht Sie nur was fragn, wenn i derf, denn i hab sonst niemand, den i fragn könnt. Weil d' Oma halt scho a alte Frau is und – und dann kann ma do net –, bitt schön, derf i Sie fragn?"
„Natürlich, Roseli, was drückt di denn?"
„Also, da Vitus und i, also wir zwoa, also wir mögn uns. – Wir mögn uns sehr. Und er is do aus am großn Hof raus und i bin bloß a Häuslerstochta und i will net, daß er denkt, daß i ihn hinhalt, bloß damit er mi heirat. I mein, i möcht ihn freili scho heiratn, aba er soll net moana, er muaß! Ja, und dann, i glaub scho, da Vitus mag mi aa sehr. Ja – und dann is es halt so über uns kommn, da Vitus is glei so daschrockn, weil er gmoant hat, er tuat mir weh und des möcht er do net. Also i glaub, i hab was falsch gmacht – aba i bin do so blöd und woaß net genau, wie . . . i mein, scho wia, aba do net so genau und wen könnt i da scho fragn, wenn net Sie! Und i möcht den Vitus net hinhaltn, sondern i möcht ihn – i möcht ihn halt richti glücklich machn! Bitt schön, Frau Doktor!"
Roseli und ich haben ein langes Gespräch.
Im Februar erkrankt Vitus' Mutter an einer Gallenkolik. Und als nach der Kolik Gallensteine festgestellt werden, rate ich zur Operation. Während des vielen Hin und Her zwischen Kolik, Diagnoseerstellung und Operationsvorbereitung treffe ich einmal den Vitus, der mir bei dieser Gelegenheit erzählt, daß er Roseli unbedingt heiraten wolle, daß er sie auch schon seinen Eltern gezeigt habe, daß sie seinem Vater sehr gut gefalle, aber die Mutter sei dagegen, weil Roseli armer Leute Kind sei und darüber habe sich seine Mutter möglicherweise so aufgeregt, daß sie Gallensteine bekommen habe.
Unmittelbar vor der Einlieferung ins Krankenhaus gesteht mir Vitus' Mutter ihren besonderen Kummer: sie habe gedacht und geplant, daß eine unverheiratete Tante ins Haus kommen sollte, um während ihrer Abwesenheit Stall und Haus zu versorgen, aber nun habe

die Tante im allerletzten Augenblick abgesagt. Kein Verlaß sei mehr auf die Leute! Und sie selbst habe nun keine Ahnung, wie ihre beiden Männer mit der Arbeit zurechtkommen und versorgt werden sollten. Um eine Dorfhelferin zu besorgen, sei es jetzt wohl zu spät?
Ich versuche, die Bäurin zu beruhigen und verspreche, mich um die Angelegenheit zu kümmern.
So passe ich Roseli auf ihrem Weg vom Dorf zur Höll ab und frage sie, ob sie sich stark genug fühle, von heut auf morgen einen großen Bauernhof zur vollen Zufriedenheit der abwesenden Bäurin zu führen. Als Roseli diese Frage mit einem offenen, lachenden Ja beantwortet, rate ich ihr, sich als Helferin bei Vitus' Mutter anzubieten. Vielleicht könne sie auf diese Weise das Herz ihrer zukünftigen Schwiegermutter gewinnen.
Roseli nimmt meinen Rat an und geht zum Großthalerhof.
Vater und Sohn sind begeistert und die Bäurin selbst ist nur so lange skeptisch, wie sie im Krankenhaus liegt. Als sie aber nach ihrer Entlassung ein vor Sauberkeit blitzendes Haus, runde Kühe, die vor wiederkäuender Zufriedenheit leise vor sich hin muhen und zwei vor Begeisterung überschwenglich strahlende Männer vorfindet, legt sie sich genußvoll zwecks Rekonvaleszenz aufs Sofa und gibt sich ein für allemal geschlagen: sie stimmt der baldigen Hochzeit zu!
Wäre dieses Stück Leben eine übliche Liebesgeschichte, fände sie jetzt auch ihr Ende. Denn die beiden haben sich bekommen und leben von nun an bis an ihr Ende glücklich und zufrieden.
Die Hochzeit wird mit sämtlichen Zutaten einer großen Bauernhochzeit gefeiert. Dazu gehört auch, daß die Burschen des Dorfes um vier Uhr am Hochzeitsmorgen vor dem Haus des Hoferbens eine höllische Schießerei veranstalten, damit der Hochzeiter nur ja früh genug aus dem Bett kommt.
Als bedachtsame Frau hat Vitus' Mutter natürlich damit gerechnet und ist vorbereitet. Wie es sich gehört, bittet sie die Burschen ins Haus und setzt ihnen einen riesigen Topf Weißwürste und noch mehr Bier vor.
Alle sitzen gemütlich beisammen, lassen es sich schmecken und die ersten Witze über die beiden Hochzeiter werden gerissen. Da schrillt das Telephon und eine Frauenstimme stöhnt dem Vitus ins Ohr: „Da Xaverl soll glei kemma – es geht scho los bei mir – schnell – es pressiert – es geht o – 's Kindl will kemma!"
„Auf", schreit der Vitus, „Xaverl, es geht los bei deiner Altn – fahr zua!"
„Werd scho no a wengerl zammdruckn kenna", sagt der Xaverl mampfend, „is eh scho 's dritte und mei Würschtl wer i scho no obaschluckn derfa!"
Alle nehmen die anstehende Geburt als ein günstiges Zeichen des Himmels und freuen sich.
„Werd nachher scho richti wern!" sagt Vitus' Vater und grinst.
Nach einem Jahr hat Roseli einen Abgang. Bemerkenswert ist dabei die Verschiedenartigkeit der Reaktionen der Familie auf dieses Ereignis: Roseli, die Hauptbetroffene, weint um das verlorene Leben; Vitus hat nur Augen für seine Frau und entsetzliche Angst, ihr könnte etwas zugestoßen sein. Die Schwiegermutter meldet ganz leise und vorsichtig alte Bedenken: Roseli ist doch zu zart als Bäurin. Der alte Bauer aber spricht mich an: „Schlimm is, daß nix worn is mit am Enkerl!"
„Geh, Bauer, so schlimm is des do net. Der Vitus und die Roseli sind no so jung, die kriegn an ganzn Stall voll Kinder! Da wirst no aufpassn müssn, daß net gar z' viel werdn!"
„Naa, Doktrin, i glaub 's net! Freili san die zwoa no recht jung, aber – glaub 's mir, mir is, als müßt i scho bald wissn, wer den Hof nach mir und dem Vitus weitermacht! I wär halt viel ruhiger!"
„Geh, Großthaler! Du bist do sonst kein solcher Schwarzmaler!"
„Naa, sonst net, aba jetzt bin i einfach unruhig! Geh, sag, kannst net was machn, daß bald a Enkerl kommt?"
„Also, a bisserl werst di scho geduldn müssn, aber dann werdn wir halt was machn!" lache ich.
Ein knappes Jahr später ist Roseli wieder schwanger. Sie wird sehr dick und es geht ihr gar nicht gut. Ich muß erhöhte Blutzuckerwerte bei ihr feststellen und wir haben eine arge Plage, sie mit einer ausgeklügelten Diät und Therapien durch die Schwangerschaft zu lotsen.
Die Geburt in der Klinik ist schwer, verläuft aber glatt: Roseli gebärt zwei

Hochzeit im Kloster Beuerberg

gesunde kugelrunde Zwillingsbuben!
Die Taufe wird wieder zu einem großen Fest gemacht und ich muß unbedingt dabei sein: Vitus betrachtet hingerissen seine wieder schlank gewordene Roseli, die frischgebackene Großmutter hat eine Hummel in der Hose und muß jeden Augenblick nach den Buben und deren Wohlergehen schauen, und der neue Großvater ist völlig aus dem Häuschen geraten. Der haut mir vor Begeisterung so häufig mit seiner Bärenpranke auf die Schulter, bis ich ganz schief geworden bin und versichert mir mehrmals überschwenglich, ich sei mindestens die zweite Mutter der Zwillinge oder vielleicht der zweite Vater – geistig natürlich und sozusagen. Und dann erkundigt er sich immer wieder, wer genau von den Zwillingen der Erstgeborene und Hoferbe sei.
Ich verlasse am Abend ein Haus, in dem nur eitel Freude und Glück herrschen.
Später kommt Roseli noch einmal zur Kontrolle nach der Entbindung in die Sprechstunde – ich finde dabei alles bestens – und dann bringt sie ihre Buben regelmäßig zur Kindervorsorge. Aber ansonsten höre ich nichts mehr von der Familie, was besagen will, daß es ihnen gut geht und sie ihren Hausdoktor nicht benötigen.
Die Buben sind ungefähr zwei Jahre alt, als sich der schreckliche Unfall ereignet.
Die Rekonstruktion ergibt folgende Geschichte: Vitus ist mit dem Auto unterwegs und befindet sich auf der Heimfahrt unweit seines Hofes, als er einen ihm entgegenkommenden kleinen Jungen mit seinem Fahrrad stürzen sieht. Vielleicht erinnert sich Vitus an seine Begegnung mit Roseli? Jedenfalls stürzt er blind vor Aufregung aus seinem Auto, nachdem er gewaltsam abgebremst hat und will eben die Straße überqueren, um dem Jungen zu helfen, als er geradewegs vor ein rasch herankommendes Auto läuft. Vitus ist sofort tot.
Der Junge hat von seinem Sturz nur eine kleine Schürfwunde davongetragen.
Dem fremden Autofahrer, der restlos erschüttert ist, ist ebenfalls keine äußere Verletzung zugestoßen, nur über den Vitus ist das Auto hinweggerollt.
Irgendjemand holt Roseli und führt sie an die Leiche ihres Mannes. Mitten auf der Straße legt sich Roseli stumm und ohne jeden Laut neben Vitus, ihren Kopf an den seinen gelehnt. Es ist für lange Zeit unmöglich, sie von der Leiche zu trennen und nach Hause zurückzubringen. Stumm widersteht sie allen Tröstungsversuchen. Und ebenso stumm, abwesend und wie gestorben ist sie auf der Beerdigung. Keine Träne, kein Laut.
Viel, viel später einmal gibt sie mir die Erklärung für ihr Verhalten: „Warum weinen? Tränen san doch bloß Selbstmitleid, weil ma von jetzt an alloa is. Trauern um einen liebn Menschn aba is doch, daß eim von ganzen Herzn leidtut, daß der Tote des und des Schöne net mehr hat erlebn dürfn. Nur des is Trauer. I aba bin lebendig gstorbn, weil des Wichtigste von mir tot is.“
Das war die Liebesgeschichte von Vitus und Roseli. Vitus ist tot. Roseli bewirtschaftet den großen Hof alleine und vorbildlich und zieht ihre Buben groß. Und aus Roseli ist eine Rose geworden.

Weihnachten

Eigentlich mag ich die Sprechstunden am Vormittag des Weihnachtstages sehr: sie sind nicht so streng und offiziell, sondern ganz gemütlich, weil wir endlich ein bisserl mehr Zeit haben. Schwester Hilda, die Laborantin und ich hocken dann zusammen, machen uns Kaffee und verzehren massenhaft Weihnachtsplätzchen, mit denen uns jedes Jahr die Patientinnen förmlich überschütten. Ein regelrechter Wettbewerb, wer die schönsten und besten Plätzchen backen kann, hat sich da nämlich aufgetan und enthebt mich völlig von eigener Bäckerei, die für mich und meine Familie nur ein Alptraum wäre. Dank im Nachhinein allen meinen backenden Patientinnen.
So zwischendurch kommen dann freilich schon noch ein paar Patienten an diesem Vormittag: ein Verbandswechsel vielleicht, der vor den Feiertagen noch ansteht, eine Routinespritze dort, damit hernach Ruhe ist. Und dann hocken sich die einen oder anderen der Patienten zu uns an den Kaffeetisch, kriegen auch ein Schalerl Kaffee und ein kleiner Tratsch geht zusammen.
Aber ein Weihnachtstag ist mir in Erinnerung geblieben, der mir von Anfang an ein Graus ist. Und nicht einmal der Huberbäck kann mich aufheitern, obwohl er – um meine heimliche Schwäche wissend (weiß der Himmel, woher er davon erfahren hat) – mir eine Schachtel köstlicher Zigarren überreicht: „Wenn mir scho a Weiberts als Doktor ham, kann ma ihr do was Gscheits schenkn – a Kistl Zigarrn! Da hast 's!" Der Huberbäck ist wohl ein bisserl enttäuscht, weil meine Freude über das Geschenk nicht größer ausfällt, aber ich bange halt dem Besuch von Frau B. entgegen.
Eine traurige Geschichte, die von Frau B. Aber sie selbst wollte unbedingt noch vor Heiligabend alles wissen.
Und das kam so: Anfang Dezember war sie routinemäßig zur Krebsvorsorge gekommen und ich mußte einen verdächtigen Knoten in der linken Brust feststellen. Ich ließ dann sofort alle weiteren Untersuchungen anlaufen, um den Knoten dingfest zu machen. Und jetzt am 24. Dezember liegen die gesammelten Ergebnisse vor: nichts zu machen, es ist Krebs und die Brust muß möglichst schnell amputiert werden, sollte die winzige Überlebenschance noch wahrgenommen werden.
Schwester Hilda teilt meinen Bammel vor der schrecklichen Mitteilung an Frau B. Als ob ihr bisheriges Schicksal nicht schon schlimm genug gewesen wäre! Vor zwei Jahren hat sie ganz plötzlich ihren Mann verloren; ihre verheiratete Tochter lebt ganz weit weg bei den Preußen und ihr Sohn, der in München wohnt, ist nach einem Motorradunfall mit zwei gelähmten Beinen zum Rollstuhlfahrer geworden. Frau B. lebt also ganz allein und seit dem Tod ihres Mannes zerfließt sie schon bei den kleinsten Kleinigkeiten in Tränen, ist beinahe allen alltäglichen Schwierigkeiten gegenüber vollkommen hilflos und

zutiefst depressiv. Und jetzt der Krebs! Und ausgerechnet ich muß es ihr beibringen! Eine schöne Bescherung, meint auch Schwester Hilda und regt an, für alle Fälle eine Beruhigungsspritze bereitzuhalten.
Und dann kommt sie endlich, die Frau B. Mit tränenumflortem Blick tritt sie ins Sprechzimmer und nimmt mir statt der Begrüßung das Wort aus dem Mund: „I woaß eh, i hab an Krebs und werd bald sterbn. Für mi gibt 's nix Guats mehr." Sie hat sich die Diagnose selbst mitgeteilt: ich muß direkt dankbar sein. Ich stehe vom Stuhl auf, mache mich bereit, sie tröstend in die Arme zu nehmen, wenn sie zusammenbricht. Aber da geschieht ein kleines Wunder. Trockenen Auges schaut sie mich an, sagt: „Bestelln S' mir a Bett, glei nach den Feiertagen. Sterbn muß eh a jeder und i woaß jetzt wenigstens wann!"
Die Frau B.! Sie braucht keine Trostworte und hat sogar ein Lächeln auf den Lippen, wie sie zur Tür hinausgeht. Aber war es nicht doch zu starr, das Lächeln, erstarrt sogar? Hat die vielleicht was Furchtbares vor – aus lauter in sich hineingefressener Verzweiflung? Hilda und ich werden nicht schlau daraus.
Und dann schrillt das Telephon und ruft mich zu einer Nierenkolik ins benachbarte Städtchen – ich habe dem Kollegen dort versprochen, ihn während seines Urlaubs zu vertreten. Also mache ich mich wohl oder übel auf den Weg, bevor Hilda und ich die Frage über Frau B. geklärt haben.
Unmittelbar bevor ich den Stadtplatz erreiche, höre ich unter der Fahrt und im Auto sitzend einen Riesenkrach und sehe dann einen grell aufzuckenden Lichtschein. Ui jegerl, da ist was passiert!
Als ich auf den Platz komme, zeigt sich folgendes Bild: ein VW Käfer ist offensichtlich auf den Eisplacken am Straßenrand ins Rutschen gekommen und frontal gegen einen Masten gestoßen. Der Käfer brennt. Über dem Steuerrad kann ich eine zusammengesunkene Gestalt ausmachen. Innerhalb allerkürzester Zeit umringen – in vorsichtigem Abstand, versteht sich – eine erstaunliche Menschenmenge das havarierte Fahrzeug, alle schauen fasziniert zu, keiner hilft. Ich wäre liebend gerne weitergefahren, aber ich würde mich als Arzt unterlassener, fachgerechter Hilfeleistung wegen schwer schuldig machen. Also, Herz in die Hand und nichts wie hin: es wird schon gut gehen!
Ein einziger Mann ist bereit mir zu helfen und zieht und zerrt gemeinsam mit mir die bewußtlose Fahrerin aus dem brennenden Auto. Kurz nachdem wir die Frau in den nächsten Vorgarten gebettet haben und ich an meine Arbeit gegangen bin, explodiert der Wagen. Weihnachtsglück für den Mann und mich!
Dann kommen die Feuerwehr und der Notarztwagen herangebraust und übernehmen. Nach den Feiertagen werde ich aus der Zeitung erfahren, daß die Frau auch im Krankenhaus nicht mehr zu sich gekommen ist und an inneren Blutungen gestorben ist.
Doch zurück zum Weihnachtstag und zum Stadtplatz. Nach dem Eintreffen des Notarztwagens packe ich meine Siebensachen zusammen und mache mich umgehend auf die Weiterfahrt zu dem angeforderten Hausbesuch, zu der Nierenkolik.
Dazu muß man wissen, daß eine Nierenkolik zwar scheußliche Schmerzen verursacht, aber keinesfalls akut lebensbedrohlich ist. Nicht der krampfgeschüttelte Patient macht mir wegen meines verspäteten Eintreffens Vorwürfe, sondern die gesunde Ehefrau geht beinahe tätlich gegen mich vor, ist taub für alle meine Entschuldigungen und droht, sich bei meinem Kollegen, ihrem Hausarzt, zu beschweren. Der Mann aber ist ganz zufrieden, als er nach der Injektion schmerzfrei im Bett liegt.
Als ich mich auf die Heimfahrt mache, tropft schon die frühe Dämmerung vom Himmel: höchste Zeit, den Christbaum zu schmücken!
Wir sitzen gerade beim Weihnachtsessen, als schon wieder das Telephon schrillt. Eine erst kürzlich mit ihrem Ehemann aus dem hohen Norden zugezogene Dame ist am Apparat und im Hintergrund höre ich ein Baby bitterlich weinen. Die Dame erbittet meinen sofortigen Besuch: sie und ihr Mann wüßten sich nicht mehr zu helfen, das Baby schreit unaufhörlich seit Stunden, und sie sind hier noch ganz

fremd, kennen keine Menschenseele. Tränenüberströmt öffnet mir die junge Frau, und der frischgebackene Vater, der mir bereits im Flur mit dem Baby auf den Armen entgegenkommt, ist ganz offensichtlich am Ende seiner Kräfte. Und das Baby schreit und schreit, es hat mit Sicherheit große Schmerzen. Meine Befragung noch auf dem Weg ins Kinderzimmer: kein Fieber, es hat gut getrunken, kein Erbrechen, der Stuhlgang ist auch in Ordnung. Am Wickeltisch öffnen wir das Hemdchen und ich horche der Kleinen – so gut es bei diesem Geschrei geht – die Brust ab. Alles in Ordnung, keine pathologischen Atem- oder Herzgeräusche. Ich schiebe die Windeln zurück, schau mir das Bäuchlein an: altersentsprechende Verhältnisse am Nabel, kein Bruch, keine entzündlichen Erscheinungen. Halt, vielleicht die Ohren? Ich krame meinen Ohrenspiegel aus der umfangreichen Arzttasche: beide Trommelfelle spiegelnd, reizlos. Ich bin am Ende meiner Weisheit, und das Kind brüllt immer noch.
Die Mutter schildert mir noch einmal den Tagesablauf der Kleinen: um sechs Uhr abends hat die Mutter die Kleine zuletzt gestillt, gebadet und sie dann schön und ganz neu angekleidet. Es ist ja das allererste Weihnachtsfest für die Kleine und mit ihr, und sie wollten schöne Familienphotos unter dem Weihnachtsbaum machen. Und dann fängt die Kleine zu schreien an, ganz plötzlich und seither ununterbrochen. Ehrlich gesagt, ich habe mir dabei nicht viel gedacht, es ist vielmehr eine Art Ersatzhandlung in meiner Unsicherheit, als ich der Mutter vorschlage, ihr Kind doch ganz und gar zu entkleiden. Die Mutter streift also das neue Strampelhöschen herunter. Und dann schreien wir beide gleichzeitig auf, die Mutter und ich, das Kind schreit ja sowieso.
Als wir nämlich das Höschen auch über das linke Beinchen herunterziehen wollen, da verheddert sich etwas und will das völlige Abstreifen verhindern: eine Fadenschlinge, nein, eine Fädchenschlinge hat sich um die winzige fünfte Zehe des Babys gelegt und das Zehlein abgeschnürt. Die Zehe ist aufgeschwollen und wegen der Durchblutungsstörung dunkelblau verfärbt.
Die Schlinge ist schnell durchtrennt, aber wird sich die winzige Zehe wieder erholen, die Durchblutung wieder aufgenommen? Bange Frage. Die Alternative heißt Amputation. – Also abwarten und hoffen!
Die Kleine in den Armen der Mutter hat zu schreien aufgehört und der junge Vater – wenigstens fürs erste getröstet und wieder zu Kräften gekommen – entzündet endlich den Weihnachtsbaum, wir gruppieren uns drum herum, und der Vater springt nach dem Photoapparat.
Aber ich mache mir Sorgen: wird die Zehe sich erholen, kann ich nicht doch noch etwas tun außer abzuwarten? Und weil ich nun schon einmal beim Sorgen bin, fällt mir auch Frau B. ein, die ganz in der Nachbarschaft wohnt. Wie es ihr wohl geht, wie verkraftet sie die schlimme Nachricht – allein wie sie jetzt ist in ihren vier Wänden? Sie wird doch nicht . . .?
Darf ich mal kurz telephonieren? Aber selbstverständlich! Ist nur ein Ortsgespräch, gleich nebenan.
Gott sei Dank, Frau B. nimmt den Hörer ab und wir reden ein bisserl hin und her. Und als die junge Mutter mitbekommt, daß Frau B. den Weihnachtsabend ganz allein verbringen muß, fragt sie Frau B., ob sie nicht herüberkommen und Heiligabend mit uns verbringen will, ihr Mann wird Frau B. auch abholen!
Und Frau B. kommt und es wird ein richtig schöner Heiliger Abend, denn auch das kleine Zehlein wird wieder rosig.
Zu Frau B. aber kommt das „Christkind" auch – auch wenn wir alle es damals noch nicht gewußt oder gespürt haben. Denn jetzt, Jahre später – aus der Kleinen ist längst ein munterer Teeny geworden – hat sich erwiesen, daß Frau B. nach der Operation nicht nur den Krebs überwunden hat, sondern auch zur heißgeliebten Großmutter der Kleinen mit vollem Familienanschluß geworden ist.

Frauen stark im Kommen

Das hübsche Soferl ist eigentlich der Bauer von dem großen Sach, denn ihr Bruder hat dringend Ingenieur werden müssen, drinnen in der Stadt. Aber auch das Soferl hat einen Drang nach oben gehabt und hat deshalb was „Besseres" geheiratet: den Filialleiter von der Bank!
Den Hof bewirtschaftet das Soferl zusammen mit einem Knecht – und der muß spuren, aber schnell, mein Lieber!
Ganz zintig aber wurde sie, das Soferl, wie ihr Herr Direktor das vornehme Golfspielen für sich entdeckte.
Mei, Golfplätze wachsen jetzt ja wie früher die Schwammerl: überall, wo einer nicht fertig wird mit seinem Sach, da macht er halt einen Löcherlplatz draus.
Also, der Herr Direktor war dann immer für viele Stunden draußen auf dem Golfplatz verschollen und darum verkündete das Soferl: „A Weiberts braucht aa a Hobby, bloß die Löcherlbohrerei mag i net, des bringt mir nix!"
Das Soferl machte den Jagdschein!
Seitdem wird das Soferl viel zur Jagd eingeladen und ist auch viel unterwegs.
Anfang Oktober war die erste große Herbsttreibjagd drüben am anderen Seeufer angesetzt worden und das Soferl war natürlich dazu eingeladen. Ich auch, aber ich hatte Wochenenddienst und mußte absagen, leider. Und dabei war es so ein schöner Samstag, voll Sonne, goldenen Lichts und glühender Herbstfarben, nachdem die Sonne den ersten morgendlichen Reif aufgeschleckt hatte.
Aber Dienst ist Dienst.
Mich jagten die Kranken ganz schön rum, den ganzen schönen Samstag lang und gegen drei Uhr morgens bin ich gerade auf der Heimfahrt: das Funkgerät neben mir auf dem Beifahrersitz schweigt endlich.
Die gewundene Steilstraße zur Loisach hinunter trägt schon einen Frostbelag, und vom Fluß herauf quillt Nebel.
Ich fahre sehr langsam diese schwierige Teilstrecke, damit ich ohne zu rutschen auf die schmale Auffahrt zur alten Brücke treffe. Verflucht, der Nebel kommt wie ein Schwall daher. Als ich auf die Brücke fahren will, sehe ich ein Bild, als wären schon die Gespenster unterwegs. Ich reibe mir fest die Augen, aber das Bild bleibt: milchigverschwommen leuchten vom anderen Brückenende die trüben Augen eines Autos herüber, schemen- und schattenhaft schreitet vor den Lichtern gravitätisch ein Marabu quer über die Brücke, von dem einen Geländer zum anderen. Dann dreht sich der Marabu um, läßt seinen kleinen Kopf auf dem langen Hals nicken und wippend zeigt der Schnabel zum anderen Brückengeländer hinüber.
Ich kann mir wirklich keinen Reim darauf machen und lasse mein Auto ganz langsam und vorsichtig über die Brücke rollen bis knapp vor die komische Gestalt. Ich halte, steige aus, gehe drauf zu und erkenne in dem Marabu das Soferl!
„Ja, Soferl, was is denn mit dir los? Was treibst denn bloß, um Gottes willn?"
„Pssst, sei doch stad, du bringst mi bloß

no amal draus! – So, und jetzt kann i wieder vo vorn ofanga, weil i 's do glatt wieda vergessen hab!"
Damit hebt sie den rechten Arm mit der geballten Faust und dem wippenden, ausgestreckten Zeigefinger und wieder schreitet das Soferl von dem einen Brückengeländer zum anderen und zählt dabei ihre Schritte: „Oans, zwoa, drei, viere, fünfe . . ."

Stumm und staunend schaue ich zu und dann trifft mich mitsamt einem Schwall Nebel eine wunderschöne Alkoholfahne. Das Soferl aber nickt befriedigt, geht dann wildentschlossen zu ihrem Auto und will vorne die Kühlerseite abschreiten, vertut sich aber ein bisserl und vermißt deshalb die Längsseite ihres Autos.
„Soferl, was machst denn?"
„Mei, bist du deppert! I muß doch schaun, ob mei Auto no über des Brückerl drüberpaßt. Woaßt", setzt sie dann ganz verschmitzt lächeln hinzu, „grad schön war 's beim Schlüssltreibn nach der Jagd, aba die Scheißbruckn is jetzt pfeigrad so schmal wordn, daß i zähln muaß, ob 's no drüberpaßt, mei groß Auto."
„Naa, Soferl, heut Nacht paßt des bestimmt nimmer! Steig ei, i fahr di hoam!"

Die verdammte Technik

Ein kalter Wintermorgen ist es und ich bin wieder einmal spät daran. Ich springe in mein Auto und will starten. Aber die Batterie wird immer müder dieser Sch...karrn kommt und kommt nicht. Doch der Nachbar kommt vorbei und sieht mich am Auto werkeln. Grinsend steigt er aus seinem Wagen: „Na, typisch Frau! Jetzt habn S' den Wagn absaufn lassn! Gehn S' halt weg vom Gas!"
Trotz Befolgung der nachbarlichen Ermahnungen und meines guten Zuspruchs springt der Motor nicht an.
„Wissn S' was", sagt der schlaue Nachbar, „i schlepp Eahna mit meim Auto an, nachher muß er anspringn!"
Gesagt, getan! Aber das Auto springt trotzdem nicht an und ich werde langsam nervös: ich hätte doch schon längst mit der Sprechstunde beginnen sollen!
„Wissn S' was", sagt da mein Nachbar, der nicht nur schlau, sondern auch lieb ist, „i hab gnua Zeit, mir lauft nix davo! Sie nehmn jetzt mei Auto und i schaug derweil den Ihrn an. Nachher geht er scho wieder, wann S' vo da Praxis hoamkemman. Fahrn S' zua, da is mei Schlüssl!"
Ich bin schon ein bisserl beunruhigt während der Sprechstunde und denke, was wohl der Nachbar macht. Deshalb bin ich sehr froh, als der letzte Patient gegangen ist und fahre schleunigst nach Hause, mit Nachbars Auto versteht sich. Und der liebe Nachbar – was macht der? Der hat sich längst sein Bier geholt und hockt gemütlich zuoberst auf dem Torpfosten und lacht sich den Bauch voll.
„Nachbar, was ist los mit dem Auto?"
„Ja, mei!" sagt der und kann vor Lachen kaum sprechen. „Lang hab i einigstiert in des Motorl, aba i hab nix falsch dersehn, alls war in Ordnung. Mei, hab i mir denkt, holst dir a Bier, vielleicht siahgst nachher besser. Und wia i mein Schädel zruckzogn hab – da hab i 's gsehn! Und jetza zoag i 's Eahna. Sie habn nämli an blindn Passagier ghabt – scho lang. Aber letzte Nacht san 's mehra worn!"
Ich verstehe nur Bahnhof und der Nachbar lacht immer noch über das ganze Gesicht.
Dann zeigt er es mir: bei offener Motorhaube werden rechts und links neben dem Kühler kammerartige Nischen frei. Die eine Nische ist bis obenhin gefüllt mit dem Trockenfleisch unseres Hundefutters und am Boden der anderen Kammer laufen mehrere Kabel, die alle durchgebissen sind. Dann führt mich der Gute in die Garage und zeigt in eine Ecke unter der Heizung.
„Da, schaun S'! Da hab i sie hintan – Eahnane blindn Passagiere! D' Muada in ihrer schweren Stund habn d' Leitungn druckt! Da hat sie s' durchbissn!" Und in ihrem Nest aus alten Wollfäden liegen nackt fünf winzige Mäusekinder!
Natur gegen Technik also!
Da fällt mir eine Geschichte meines Großvaters ein, die immer noch in meiner Familie erzählt wird.
Mein Großvater, ein gar fortschrittlicher Mann, war auch Landarzt gewesen. Und

er fuhr das erste Automobil im Dorf. Zur allerersten Ausfahrt nahm er stolz seine beiden Buben mit, meinen Vater und meinen Onkel. Sie fuhren auf der langen, baumbestandenen Chaussee in Richtung Stadt und überholten den Milchmann mit seinem Pferdegespann. Winkend, stolz und vergnügt fuhren die drei an dem Milchmann vorbei, der ob des neumodischen Zeugs den Kopf schüttelte.
Nach einer Weile begann der Motor des schönen, neuen Automobils zu spucken und zu rumpeln und bald darauf blieb er stehen. Die beiden Buben sprangen vom hohen Wagen, stemmten die Motorhaube auf und glotzten auf das unheimliche Ding, das Automotor genannt wird. Unverrichteter Dinge, aber gedankenschwer kletterte der Großvater wieder auf das Automobil und forderte seine Söhne auf, die Handkurbel zwecks Anlassen des Automobils zu betätigen. Der Motor sprang an! Tatsächlich! Lachend kletterten die Buben auf den Wagen, als gerade der Milchmann des Weges kam und grinsend und grüßend das havarierte Automobil samt Insassen passierte.
Aber der Motor lief ja wieder! Mit rundem, sattem Ton! Vater und Söhne fuhren weiter, sie überholten den Milchmann und winkten grüßend zu ihm hinunter.
Wieder nach einer Weile spuckte der Motor erneut und das Automobil verweigerte seinen Dienst. Das Spiel begann von neuem: Motorhaube auf, Motorhaube zu, Kurbel drehen, der Milchmann kam wieder vorbei, grüßte wieder: „He, he, Herr Doktor! 's mag net so recht, des neumodische Glump!"
Sein Gruß wurde nicht angenommen, aber der Motor brummte wieder, das Auto setzte sich in Bewegung, der Milchmann wurde überholt.
Dieses Spielchen wiederholte sich noch zweimal, bis mein Vater zufällig den Übeltäter entdeckte: oben in dem kleinen Loch am Tank steckte ein Zündhölzchen und dichtete das Loch ab. Der kleine Schlaumeier entfernte das Zündhölzchen und fragte seinen Vater, ob er das Hölzchen in das Loch gesteckt hätte. Und der meinte, in dem Tank sei doch das kostbare und leicht brennbare Benzin, das er beim Apotheker so teuer gekauft habe; das Hölzchen habe er in das Loch gesteckt, damit das kostbare Naß nicht verdunste oder sonstigen Schaden anrichte.
Mein Vater konnte ihn nur schwer überzeugen, daß das Loch im Tank sein müsse, weil sonst das Benzin nicht nachgesaugt werden könne.
Die drei überholten den Milchmann dann endgültig und zum letzten Mal.
Aber mein Großvater blieb fortan mißtrauisch: er unternahm während vieler Monate seine ärztlichen Hausbesuche fortschrittlichermaßen zwar mit dem Automobil, aber hintendran hängte er stets sein Reitpferd, sozusagen für alle Fälle!

Die vorgezogene Geisterstunde

Die Klopfingerin ist einmal eine große Bäurin gewesen, eine reiche. Aber jetzt ist sie nur mehr alt und herrschsüchtig. Wie damals nur noch ihr Mundwerk gut gegangen ist, das Herz aber immer schlechter und stolpernder, da hat sie in der Stadt einen Herzschrittmacher eingepflanzt bekommen; seinerzeit, vor Jahren war das gewesen und der Schrittmacher war einer der ersten Generation gewesen, die bekanntlich viel störanfälliger waren als nachfolgende Generationen. Doch der Klopfingerin ging es recht gut damit: sie kam mit ihrem Herzen wieder viel besser zurecht, das heißt, daß sie noch bärbeißiger und grantiger geworden ist als vordem.
An ihrem vierundachtzigsten Geburtstag verlangt sie kategorisch einen Fernseher ganz für sich allein (sie mag nicht immer das blöde Fußballspielen anschauen müssen!) und in ihrer Kammer soll er stehen, weil sie – nicht mehr so gut auf den Füßen wie früher – noch was von der Welt sehen und hören möchte.
Ich mag sie gerne, die Klopfingerin, gerade weil sie so bestimmt und energisch ist: alte Menschen, die noch energisch sind, lassen sich nicht gehen, geben nicht so leicht auf.
An einem Samstagmittag – ich will gerade aus der Praxis raus – kommt der Sohn der Klopfingerin, auch schon ein betagter Bauer, mit allen Anzeichen großer Aufregung in die Praxis gestürmt: „Schnell, Doktrin, schnell! D' Muada liegt draußn auf da Sonnseitn, drent bei Rimslroa! I glaub, sie schnauft nimmer! Komm bloß schnell!"
Der Einfachheit halber springt der Klopfinger zu mir ins Auto: „Fahr bloß zua – sie rührt si aa nimma!"
„Wie kommt denn d' Muada nach Rimslrein, was tut s' denn dort?" frage ich während des Fahrens.
„Ja mei – im Fernsehn hat s' gsehn, daß d' Leut zum Wochenend nausfahrn in d' Natur. Und da hat s' so lang benzt – sie möchat aa no amal naus wia die andern. No, und heut hab i a bisserl Zeit ghabt – woaßt, auf de Wiesn bin i scho ferti und d' Sonn hat aa gschiena – no, hab i mir denkt, fahrst halt naus, daß a Ruah gibt, wird eh 's letzte Mal sei. – Also habn wir s' ins Auto packt, mei Alte und i, und san a Stückerl gfahrn. Gar net weit, nachher hat s' scho gsagt, wir solln haltn, akkurat auf dera Wiesn möcht s' in da Sonn hockn bleibn. Mei, was tuast net alls mit dene altn Leit? Is eh am gscheidsten, du laßt eahna den Willn. Wir habn also d' Muada aus'm Wagn zogn und nachher is mir eingfalln, daß i no so a neumodische Klappliege im Kofferraum hab. No, die ham ma aufgstellt und d' Muada draufbett. Hat ihra aa guat gfalln! ‚Grad taugn tuat 's mir so', hat s' no gsagt und dann is ganz staad wordn und hat nimma ogebn. No, und jetza schnauft s' nimma!" Als wir die Sonnseite erreichen, hätte sich mir ein Bild tiefsten Friedens geboten, wäre uns die Bäurin nicht so aufgeregt und außer sich entgegengelaufen.

Inmitten der blühenden Sommerwiese steht – ganz entgegen bäuerlichen Verständnisses – die Liege mit der scheinbar friedlich schlafenden Klopfinger-Alten. Hinter dem Wiesenhang baut sich die Benediktenwand auf und vom weißblauen Himmel lacht die Sonne.
Nur wegen der aufgeregten Bäurin renne ich, so schnell ich nur kann, zur Alten, faß nach ihrem Puls, lege mein Ohr auf ihre Brust, schau ihr in die Augen.
Nichts – Stille – Totenstille! Die alte Klopfingerin ist tot! Nichts zu machen! Aber sie sieht recht friedlich aus, trotzdem.
Mich stört aber irgendetwas, etwas paßt nicht! Dabei weiß ich zunächst nicht, was mich stört, was nicht ins Bild paßt. Ich schau mich nochmal um: Frieden, Sommer, blühende Welt! Dann entdecke ich den so gänzlich unpassenden Hochspannungsmast, der mitten in die Gegend ragt. Und schließlich merke ich es: die Klopfingerin liegt direkt unter der Überlandleitung!
Das ist dem Herzschrittmacher der ersten Generation zuviel gewesen!
Den Sohn belastet der zwar schöne, aber doch ungewollt vorgezogene Tod seiner Mutter und er richtet deshalb ein ganz großes Begräbnis aus, mit allem Drum und Dran, alter Tradition würdig. Also muß auch eine Totenwache her!
Alte Weiblein des Dorfes und die Leichenfrau machen sich nach einem guten Abendessen, zu dem natürlich auch einige Bierchen gehören, bereit, die Nacht bei der Toten zu verbringen.
Schön aufgebahrt in der guten Stube, von Blumen und brennenden Kerzen umrahmt, liegt eindrucksvoll die alte Klopfingerin. Die gute Stube ist geräumig und hat hinten beim Kachelofen eine große Eckbank und einen runden Tisch. Die Trauerweiblein hocken drum herum, im warmen Schein der Hängelampe und die brave Bäurin hat ihnen auch noch einen Krug Apfelmost hingestellt, damit die Nacht nicht zu lang und zu trocken sein möge. Bald hängen also die vier Weiblein dicht über den Tisch gebeugt und erzählen sich flüsternd allerhand Tratsch. Es kann natürlich nicht ausbleiben, daß sie auch über die alte Klopfingerin ratschen und wie bös, herrschsüchtig und geizig die doch zu ihren Lebzeiten – Gott hab sie selig – gewesen ist.
Es ist beileibe noch nicht Mitternacht – Geisterstunde –, sondern es ist erst ungefähr neun Uhr, zu lange können also die Weiblein noch nicht beim Most gesessen sein! Plötzlich fängt die Hängelampe zu schwingen an und der Fußboden wackelt. Den Weiblein schwindelt und große Angst überkommt sie, als sogar der Most aus einem Glas überschwappt und die Teller auf der Anrichte leise klirren.
Konfus vor Angst fallen alle Weiblein auf die Knie, ringen die Hände und beginnen augenblicklich heftig zu beten.
Nach zwei, drei Minuten, nein, nach einer Ewigkeit klirren die Teller nicht mehr, der Boden schwankt nicht mehr, nur die Hängelampe pendelt noch ein bisserl. Da schaut die beherzte Leichenfrau auf und sagt: „Hörts auf mit dera Beterei, es glangt scho! Die Alte is scho wieda staad! Deifi, Deifi, die hat 's aba arg beianand! Jetzt is no net amal unter da Erdn und geht scho umanand!"
Sie tat der alten Klopfingerin Unrecht! Es war das Erdbeben von Friaul, das wir alle bis weit ins Oberbayrische hinein gespürt haben!

Totenwache bei der Klopfingerin

Lupus – der Wolf

Am Ende des Dorfes gibt es eine Villa, ein schönes und gepflegtes Haus in einem ebenso schönen und gepflegten Garten. Darin wohnt eine Dame, deren Ehemann in wichtigen Geschäften viel auf Reisen ist. Mehr weiß ich nicht, als die Dame zum ersten Mal zu mir in die Praxis kommt.
Sie kommt wegen kleinerer Beschwerden und erweist sich als recht gesprächig. Besonders viel spricht sie von Lolita und wie brav sie sei, wie lieb und zärtlich, und ich nehme an, Lolita sei ihre heißgeliebte Tochter.
Dann aber wird die Dame ernsthaft krank, sie bittet mich, einen Hausbesuch zu machen. Ich komme, untersuche sie und entscheide mich, ihr eine intravenöse Injektion zu verabreichen.
Die Dame sitzt in einem bequemen Stuhl, ich knie vor ihr, damit ich mich bei der intravenösen Spritze nicht zu bücken brauche, und bemühe mich, die Vene mit der Injektionsnadel aufzuspüren. Ein Unterfangen, das mir normalerweise keine Schwierigkeiten bereitet. Aber bei der Dame will und will es nicht klappen. Ich denke, ich hätte heute vielleicht keinen guten Tag, ich sei zu unruhig, zu verspannt; ich fange leicht zu schwitzen an und über meinen Rücken laufen eigenartige Schauer – irgend etwas irritiert mich sehr!
Ich ziehe die Nadel zurück und suche eine neue Stelle am Unterarm. An der vorherigen Stelle erscheint ein Blutströpfchen. Genau in diesem Augenblick höre ich ein eigenartiges, hohes und fremdklingendes Knurren hinter meinem Rücken. Mir stehen buchstäblich die Haare zu Berge.
Die Dame sagt: „Ruhig, Lolita, mein Mädchen, ganz brav! Deinem Frauchen passiert schon nichts, die Frau Doktor ist sehr lieb!"
Ganz langsam, ganz vorsichtig drehe ich mich um und sehe direkt in stechend gelbe Augen und sehe Lefzen, die über blitzend weißen Reißzähnen hochgezogen sind.
Ich nehme die Spritze augenblicklich zurück und erkläre kategorisch, daß ich mich nicht in der Lage fühle zu spritzen, solange der Hund in der Nähe sei.
„Ach, Lolita tut wirklich nichts. Aber wenn Sie meinen, dann bringe ich sie schnell weg."
Nachdem die Dame zurückgekehrt ist, ich mich beruhigt und ihr endlich die Spritze verabreicht habe, sage ich zu ihr: „Ihr Hund hat mich doch sehr erschreckt. Ich weiß nicht recht, aber er erinnert mich an ein Jagderlebnis, das ich mit Wölfen im kanadischen Busch gehabt habe."
Die Dame lacht belustigt und antwortet: „Sie haben ganz recht! Lolita ist eine Wölfin."
Und dann erzählt sie mir Lolitas Geschichte.
Vor Jahren war die Dame mit ihrem Ehemann auf Reisen in Italien. Eines Tages gerieten sie in den Abruzzen von der Hauptstraße ab und verfuhren sich auf einsamen Wegen, die hügelauf, hügelab durch Gestrüpp und Wälder

zogen. Allmählich wurde es dämmrig und die Sicht wurde schlecht. Plötzlich schrie die Dame auf und fiel ihrem Mann ins Lenkrad. Der Mann stieg auf die Bremse und brachte den Wagen unmittelbar vor einem Wollknäuel, das mitten auf der Straße lag, zum Stehen. Die Dame sprang aus dem Auto und nahm das wollige Ding in die Arme.
„Sieh nur, Lieber, ein Welpe! Der Kleine ist sicher entlaufen und wird verhungern, wenn wir nicht seine Hundemutter ausfindig machen. Laß uns auf den umliegenden Gehöften nachfragen, ob ein Welpe verlorengegangen ist." Gesagt, getan. Die beiden klapperten bis tief in die Nacht hinein sämtliche einsam gelegenen Bauernhöfe ab. Aber nirgendwo fehlte ein Hund.
Inzwischen hatte es sich der Kleine auf dem Schoß der Dame bequem gemacht, hatte mit großen, runden Kinderaugen die streichelnde Hand beobachtet, hatte hungrig schmatzend eine kleine rosa Zunge gezeigt und sich noch enger in den Schoß gekuschelt. Und die Dame begann zu hoffen, daß sich kein Bauer finden möge, der Anspruch auf das niedliche Tierchen erheben könnte. Sie hatte sich verliebt! So ließ sie auch keinerlei Widerspruch verlauten, als ihr der Ehemann erklärte, er habe genug von der Sucherei und möchte endlich in ein Hotel.
Beim letzten Bauern wurde noch rasch Milch besorgt, eine große Reisetasche geräumt, das gesättigte und friedlich schlafende Kleine in die Reisetasche gepackt und so unauffällig ins Zimmer eines Hotels gebracht.
Am nächsten Morgen erklärte die Dame, daß sie sich niemals mehr von dem Hündchen trennen wolle, daß sie es über die Grenze schmuggeln und nach Hause nehmen werde und taufte es ausgerechnet „Lolita".
Lolita überstand die Fährnisse der weiten Reise bestens, wurde rasch in Haus und Garten heimisch und wuchs heran. Aber im Alter von eineinhalb Jahren erkrankte Lolita schwer und die Dame war untröstlich. Hilfe mußte her, und zwar die bestmögliche! Also fuhr der brave Ehemann seine Frau und Lolita mitten in der Nacht in die Münchner Universitätsklinik. Dort angekommen hoben sie die kranke Lolita auf den Untersuchungstisch. Die Dame erklärte dem diensthabenden Arzt: „Unser Hundchen hat die Staupe, bitte, helfen Sie!"
„Staupe ja, aber Hund nein! Das ist eine Wölfin!" antwortete der kluge Diensthabende. Aber er half dennoch und Lolita wurde wieder gesund.
In den folgenden Jahren führte Lolita ein ganz normales, unauffälliges Hundeleben: sie bewachte Haus und Garten, fuhr leidenschaftlich gerne im Auto mit, bewachte auch dieses unerbittlich und scherzte und tollte mit der Dame wie andere mit ihrem Herrchen zufriedene Hunde auch.

Wenn die Dame mit Lolita spazierenging (sie wagte allerdings niemals, Lolita frei laufen zu lassen), dann begegneten sie zuweilen dem Jäger, der die Dame zwar stets lobte, weil der Hund an der Leine ging, er ermahnte sie aber auch: „Lassen S' ihn nur ja net von der Leine! Wissn S', so a Trumm Wolfshund, des könnt a arger Wilderer sei und i müßt ihn nachher daschießn!"
Aber die Dorfköter waren schlauer! Die wußten genau, daß das da keiner ihresgleichen war und auch der größte und stärkste Hund räumte freiwillig seinen Freßnapf, wenn Lolita einmal von der Leine freikam, elegant über den Zaun setzte und sich fremdes Fressen einverleibte. Und wenn sie hitzig war, machte kein einziger Rüde den Versuch, sie zu decken. Schlimm aber waren die mondhellen Nächte, wenn Lolita ihren wilden Gesang anstimmte, um ihre imaginären Genossen herbeizurufen: diese Nächte mußte Lolita im Keller verbringen, denn die Dame wußte genau, daß Lolitas Bleiben im Dorf nicht länger möglich gewesen wäre, hätten die Leute auch nur geahnt, daß sie eine Wölfin war.
So bittet die Dame auch mich eindringlich um mein Schweigen. Ich verspreche es und komme in der Folge ganz gut mit Lolita aus, wenn ich auch peinlich bemüht bin, in ihrer Anwesenheit ihrer Herrin niemals zu nahe zu kommen.
Als Lolita vierzehn Jahre alt wird, beginnt sie Lähmungserscheinungen an den Hinterbeinen zu zeigen, wie häufig große Hunde auch. Die Dame ist sehr unglücklich und fragt den ortsansäßigen Tierarzt, was zu machen sei. Der aber ist ein vielbeschäftigter Mann und mit Rindviechern und Schweinen völlig ausgelastet. Darum sagt er: „Ja mei, was wolln Sie denn noch? Die Hündin ist vierzehn Jahre alt, schläfern wir sie halt ein!"
Die Dame ist entsetzt und klagt mir laut weinend ihr Leid. Und mir tun beide leid, die verheulte Dame und Lolita, die längst kein stolzer Wolf mit gelben, blitzenden Augen mehr ist, sondern nur noch alt, krank, mit stumpfem Fell und eingefallenen Flanken.
So stelle ich die Diagnose „Polyarthritis rheumatica" und behandle Lolita danach. Allerdings wage ich niemals, sie zu spritzen, verordne vielmehr Dragees, die die Dame in Würstchen verpackt Lolita eingibt.
Lolita lebt noch recht und schlecht ein ganzes Jahr, bevor sie unwiderruflich in die ewigen Jagdgründe eintritt.
Übrigens, die Dragees hatte ich auf Rezepte für die Dame verordnet. Möge die Krankenkasse mir verzeihen!

Wolfsöd oder Die vernagelte Welt

Die alte Schuster-Zenz wohnt in einem versponnenen Hexenhäuschen am Ende der Welt und will von der Welt nichts mehr wissen, gar nichts mehr – es genügt ihr völlig, wenn sie mit ihren gichtigen Fingern im Garten herumkratzen und krummrückig ihre Ziegen melken kann. Mit der Welt verbindet sie nur das Telephon, und das benutzt sie, um mich zu sich zu rufen – immer brandeilig. In einer Waldsenke zweigt – leicht zu übersehen – der unbefestigte Weg von der Landstraße ab. Schmal und steinig windet er sich schier endlos durch den Wald und quert dann eine Lichtung, auf der ein alter, halb verfallener Bauernhof – Wolfsöd – inmitten seiner schlecht gepflegten Weiden schläft. Kein Kinderlachen, keine Blumen auf der Fensterbank, aber manchmal recht abenteuerliche Fahrzeuge vor dem windschiefen Stall.
Nach der Lichtung wird der Weg beinahe unkenntlich: langes Gras, trockne Blätter und dürre Zweige wollen ihn vor den wenigen Fahrzeugen, die hier noch durchkommen, verstecken. Wo der Wald licht wird und allmählich in Buschwerk übergeht, da träumt das Häuschen der Schuster-Zenz vor sich hin. Und dahinter ist die Welt vernagelt.
Die Schuster-Zenz ist ausgerutscht und auf einen modernden Baumstamm geknallt: mehrere Rippenbrüche sind die Folge. Nur mit viel Mühe gelingt es mir, die Zenz zu einer Röntgenkontrolle aus ihrem Winkel herauszulocken. Doch zu meiner Überraschung besteht die Zenz darauf, die Röntgenaufnahme selbst zu behalten, weil sie sie einem Verwandten zeigen wolle.
Wenige Tage später ruft sie mich mit allen Zeichen großer Aufregung zu sich.
„Zenz, was ist los?"
„Was los is? – Des fragst du? – Du siahgst fei scho gar nix! – Auf meim Buidl siahgst an Krebs! – Sterbn muß i: des is los!"
Verflucht! Habe ich wirklich was übersehen?
„Zenz, gib mir noch mal das Röntgenbild!"
Mit der Aufnahme in der Hand gehe ich zum Fenster, um sie gegen das Licht zu halten. Da reißt mir die Zenz die Aufnahme aus der Hand und sagt: „Ja mei, richti mußt s' freili scho haltn", und dreht die Aufnahme mit dem Kopf nach unten.
„Da schaug her – da is da Krebs", sagt sie und deutet auf zwei bogenförmige Schatten.
„Na, Zenz, so rum is 's falsch – so rum ghört 's und was du meinst, daß da Krebs is – schau, die zwei Bögen – des is der Busen."
„Naa, i sag 's dir – anders rum ghört 's – und er hat 's aa gsagt!"
„Wer – er?"
„A mei – da Wolfsöder halt!"
Ja, da schau her – wie kommt denn der dazu, Röntgenbilder zu beurteilen?
Mich kommt die Neugierde an: wer haust in der Wolfsöd? – Ich höre mich um.

Dem Greiter gehört die Wolfsöd, ein komischer Kauz ist der, ein ganz ein Hagelbuchener, ein Weiberfeind, der alles selber macht und am besten kann. Der hat seine Kräuter und seine eigenen Mittelchen, alles ganz biologisch. Und Doktor braucht der keinen, der heilt sich selber und alle, die zu ihm kommen, und bei den bresthaften Rössern ist er auch nicht schlecht! Und zu sehen kriege ich den schon ganz gewiß nicht und in der Praxis schon gleich gar nicht!
Aber dann kommt er doch! Eines Tages, im Spätherbst, und er ist ziemlich kleinlaut. Der Sommer war „zum Varreckn" gewesen, der Jüngste ist er ja auch nicht mehr und dann „des saublöde Herz"! Ob ich „eppa" helfen kann?
Ich kann und biete ihm einige Spritzen an zur Digitalisierung. Doch Spritzen lehnt er rundweg ab und von Tabletten behauptet er, sie unmöglich schlucken zu können und überhaupt hält er „von dem Glump nix", aber tun soll ich was. So verschreibe ich ihm Digitalis in Tropfenform und erkläre ihm ausführlich, wie er die Tropfen zu nehmen habe, und in einer Woche spätestens soll er nochmals in die Praxis kommen.
Scheinbar einigermaßen zufriedengestellt geht er davon – und kommt nicht wieder. Und ich vergesse das grausliche Mannsbild.
Knapp vor Weihnachten – mitten in der Nacht – ruft die Schuster-Zenz: sie hat eine Nierenkolik!
Es hat tagelang geschneit: im Scheinwerferlicht glitzern die Schneekristalle, die Fichtenzweige biegen sich tief herunter, im ungewissen Mondlicht ist der Weg kaum auszumachen. Trotz der Schneeketten muß ich langsam und äußerst vorsichtig fahren.
Eine geschlagene Stunde bleibe ich bei der Zenz, dann geht es ihr wieder besser. Es ist zwei Uhr morgens, als ich mich auf den Heimweg mache, ich bin müde und möchte schnell in mein Bett. Aber dann passiert es: Noch vor Wolfsöd rutscht der Wagen von der Straße und bleibt stecken. Eine ganze Weile werkel ich mit allen mir zur Verfügung stehenden Mitteln herum – ohne Erfolg. Der Wagen hängt tief in einem Loch.
Endlich muß ich es einsehen: ohne Hilfe geht nichts. So mache ich mich schweren Herzens und zu Fuß auf den Weg nach Wolfsöd. Ich rufe, trommle mit der Faust an die Haustüre, mache Lärm, so viel ich nur kann. Alles bleibt dunkel und verschlossen. – Ich will schon aufgeben, da geht Licht im Fenster über der Haustüre an und der struppige Kopf des Greiters erscheint.
„Ja, Kruzitürkn, wer plärrt denn da mittn in da Nacht? – Jessas naa, die da! Verflucht, was willstn mittn in da Nacht?"
Ich bitte flehentlich um seine Hilfe und den Traktor.
Sogar für diesen alten, klapprigen Traktor ist es ein leichtes, das Auto wieder auf den Weg zu ziehen, es geht ganz schnell.
Zurück bis Wolfsöd rumpelt der Greiter vor mir her und brummelt und grantelt und flucht genau so gottslästerlich vor sich hin wie zuvor auf der Hinfahrt.
Vor dem Hof angekommen steige ich höflich aus dem Auto aus, bedanke und entschuldige mich nochmals, aber dann kann ich die Frage nach seinem Herzen und der Digitaliskur doch nicht unterdrücken. Und schon schimpft er los – noch ein bisserl zorniger: „Verdammter Scheißdreck – umbracht hättst mi fast mit deina sakrischen Medizin – an Teifi hast, du Luada! Da bleib i scho liaba bei meine Kräuter!"
„Umbracht? Um Gotts willn, des is doch net möglich mit den Digitalistropfen! Was hast denn gmacht, Greiter, du solltst doch täglich dreimal . . ."
„Hab mir halt denkt, dreimal, des is z' umständli und hilft do net – hab i mir denkt, saufst des Flascherl glei auf oamal aus, nachher hilft 's dir schneller, des moderne Glump! Aba mir gangst! Der Teifi hätt mi fast gholt!"
Als er zur Haustür stapft, höre ich ihn grummeln: „Scheißweiba – alle miteinanda!"

Tu was

Wir machen Urlaub und fahren kreuz und quer durch Oberbayern!
Ausgerechnet zur Mittagszeit ist unser Benzintank fast leer. Wo ist die nächste Tankstelle?
Die nächste, das ist eine, die verlassen an der Landstraße steht: Zapfsäulen, ein Glashäuschen dahinter, keine Selbstbedienung. Im Glashäuschen sitzt eine Frau, sie hat Kopf und Arme auf die Kasse gelegt, macht einen traurigen, hilflosen Eindruck. Und sie reagiert nicht auf unser Hupen, sie wehrt uns vielmehr mit einer Handbewegung wie lästige Fliegen ab.
Mein Mann geht trotzdem zu ihr ins Kabäuschen, spricht mit ihr; sie wischt sich Tränen aus den Augen, schneuzt und zeigt auf ein Bündel, das reglos zu ihren Füßen liegt.
Mein Mann kommt zum Auto zurück und sagt: „Komm mit – schau dir das an!"
Das Bündel – jetzt auf den Schreibtisch gelegt – weist sich als ein auf Decken gebettetes Rehkitz aus, das – matt und zum Sterben bereit – uns nicht mehr beachtet.
Mit dicken Tränen in den Augen erzählt uns die Tankwartsfrau, daß ihr vor ein paar Tagen dieses ausgemähte, verletzte Kitz gebracht worden sei, weil sie dafür bekannt sei, daß sie öfter schon verletzte Kitze gesundgepflegt habe. Für dieses Kitz, das keine äußerliche Verletzung aufweise, habe sie sogar den Tierarzt geholt, der aber habe ihr erklärt, sie solle das Kitz einschläfern lassen. Und nur nach langem Zureden habe er sich herbeigelassen, den gebrochenen Lauf nach oben, am Bauch entlang, festzubinden. Seither verweigere das Kitz jede Nahrungsaufnahme und wolle offensichtlich sterben.
Für meinen Mann scheint alles klar: „Tu was!" sagt er und drückt mir das Kitz in die Arme.
Die einengende Binde muß runter. Dann taste ich den gebrochenen Oberschenkelknochen ab.
„Hm, wir könntn 's mit dem Eingipsen versuchen – aber ich hab keine Gipsbinden."
„Macht nix", sagt mein Ehegespons ganz eifrig, „ich fahr dich überall hin – wir werdn schon welche auftreiben!"
„Gehn S', hörn S'", sagt nicht minder eifrig die Tankfrau, „i geb Ihnen a Benzin und dann fahrn S' in den Markt nei, da is a Apothekn."
Was bleibt mir übrig – nach so viel Fremdbestimmung: wir fahren.
Verschlafen sieht der Marktflecken in der mittäglichen Sommersonne aus, die Straßen menschenleer, sogar die Autos scheinen am Straßenrand zu schlafen.
Halt, da ist eine Apotheke! Doch leer und verlassen ist der Raum hinter der großen Fensterscheibe unter dem Sonnendach. Die Türe ist verschlossen.
Aber dann entdecke ich das Schild „Nachtglocke" mit einem Pfeil, der zu einer alten, schön geschnitzten Holztüre zeigt. Soll ich die Nachtglocke läuten? Jetzt? – Mein Mann nickt. Und ich drücke die Klingel.

Tief aus dem Innern des Hauses kommend höre ich ein gemächliches Bim-Bam, obwohl ich längst Sturm läute.
Nichts, lange Zeit nichts – dann schlurfende Schritte und ein bärenartiges Grummeln. Ich mache mich auf alles gefaßt.
In Augenhöhe öffnet sich ein winziges Türchen einen Spalt weit, ein weißgrauer Schnauzbart erscheint und ein grantiger Baß fragt: „Was wolln S' um die Zeit?"
„Entschuldigung", kann ich da nur noch stottern, „ich bin Arzt und meine Tochter ist grad gestürzt und hat sich den Arm gebrochen, könnt ich vielleicht drei Gipsbinden haben – bitt schön!?"
Das Türchen schließt sich wieder, die schlurfenden Schritte entfernen sich und nach langer, langer Zeit streckt sich aus dem nur ein bisserl weiter geöffneten Türchen eine Hand, in der tatsächlich Gipsbinden liegen, während die Stimme den Geldwert nennt, den ich zu entrichten habe.
Zurück zur Tankstelle. Die Gipsbinden werden in Wasser eingelegt, die Frau hält das Kitz so in ihren Armen, daß ich bequem die Gipshülse anlegen und so formen kann, wie ich es mir auf der Fahrt ausgedacht habe, daß es anatomisch gesehen richtig sein müßte.
Nachdem der Gips angezogen hat, stellen wir gemeinsam und vorsichtig das Kitz auf die Beine. Es schwankt und wackelt noch ein bisserl, aber es bleibt stehen! Dann wärmt die Tankwartsfrau, die sich nun grimmig entschlossen die letzte Träne abgewischt hat, eine Milchflasche an und zeigt sie in einigen Metern Entfernung dem Rehkitz: vorsichtig, staksig, aber nichtsdestoweniger zielstrebig wackelt das Kitz auf drei dunklen und einem weißen Bein auf die Flasche zu und trinkt in langen Zügen.
Zwei Monate später erhalten wir eine Postkarte von der Tankwartsfrau, auf der sie berichtet, daß sie – streng nach Anweisung – den Gips entfernt habe und das Kitz sich nun prächtig entwickle. Im nächsten Frühjahr wolle sie es dem Wald zurückgeben.

Die Gutsherrin

Sie stammte von einem Rittergut in Masuren und war in mehr als nur einer Hinsicht phänomenal. Sie hatte einen reichen Hugenotten geheiratet, der ihr zuliebe am Rande der bayerischen Osterseen ein weitläufiges Gut gekauft und gebaut hatte. Nach seinem Tod zog sie sich auf eben dieses Gut als ihren Witwensitz zurück, während ihre beiden Kinder dem Dolce far niente dort nachgingen, wo sie die große Welt versammelt glaubten.
Auf ihren ausgedehnten Ländereien versuchte die Gutsherrin ihr Leben so fortzuführen, wie sie es in ihrer Jugend in Masuren gewohnt war: bis zu ihrem tödlichen Reitunfall mit 85 Jahren saß sie täglich mehrere Stunden im Sattel, beaufsichtigte die Weiden, die Waldungen und die Felder vom Pferderücken aus. Außerdem kannte sie den Stammbaum samt Milchleistung jeder einzelnen Kuh ihrer großen Herde auswendig: ihre erstaunliche körperliche und geistige Spannkraft gestattete ihr dies alles.
Desto mehr haderte sie mit dem Schicksal, weil sie – für sie unakzeptabel – seit ihrem achtundsiebzigsten Lebensjahr am sogenannten „Petit mal" litt. Dies sind kurzzeitige geistige Absencen, die sie völlig überraschend und ohne jede Voranmeldung überfielen, sie für wenige Minuten alles vergessen ließen und sie handlungsunfähig machten. So war sie einige Male bewußtlos umgefallen und hatte dabei kleinere Unfälle erlitten. Einmal auch, während sie ihren Wagen chauffierte. Auf dem Pferdesattel hatten sich derartige Vorkommnisse angeblich nie ereignet.
Doch bestimmte sie ein kleinerer Autounfall dazu, anläßlich ihres achtzigsten Geburtstages den Führerschein freiwillig abzugeben. Sie nahm sich eine Haushälterin, die sie fortan mit ihrem Wagen auf Wunsch herumkutschieren konnte.
So waren die beiden Damen an einem heißen Sommertag wieder einmal in die Kreisstadt gefahren und erfrischten sich nach einem ergiebigen Einkaufsbummel im Café mit schönen, großen Eisbechern, als sie das „Petit mal" überkam: noch während die Gutsherrin ihr Eis löffelte, wurde sie auffällig still, ihre Bewegungen starr und eigenartig steif. Auf die erschrockene Frage ihrer Haushälterin reagierte sie nicht mehr. Nach der ersten Schrecksekunde stand für die Haushälterin fest, daß wieder einmal die Krankheit zugeschlagen hatte, sie bezahlte rasch, packte die Gutsherrin unter dem Arm und schob sie rasch in Richtung Parkplatz.
Da die Dame alles willenlos, ohne den geringsten Widerstand, mit sich geschehen ließ, beruhigte sich die Haushälterin so weit, daß sie auf dem Weg zum Parkplatz noch rasch einen kleinen Einkauf tätigen wollte. Sie schob also die stumme Dame in den Kurzwarenladen und verlangte das benötigte Nähmaterial.

An den Osterseen

Doch während die Verkäuferin sie bediente, erhob die Gutsherrin unerwartet und lautstark Widerspruch – vermutlich gegen die feilgebotene Ware. Vermutlich, denn die Haushälterin und die Verkäuferin konnten die Einwände der Dame nicht verstehen, da sie französisch sprach. Aufgeregt versicherten die beiden ihr, daß sie kein Französisch verstünden und sie möchte doch, bitte sehr, deutsch sprechen. Aber anscheinend konnte die Gutsherrin sie ebenfalls nicht mehr verstehen und blieb trotz aller Bitten wortreich bei ihrem Französisch.
Da brach die Haushälterin die Verkaufsverhandlung ab, brachte die Dame auf kürzestem Weg zum Auto, kutschierte sie schnellstens nach Hause und schaffte sie, die immer noch ausschließlich französisch brabbelte, ins Bett.
Beinahe aufgelöst vor Entsetzen rief die Haushälterin mich an.
Als ich komme, liegt die Gutsherrin strahlend vor Begeisterung und guter Laune in ihrem wunderschönen alten Himmelbett, von mit vielen Spitzen besetzten Kissen gestützt und vor sich ein Tablett mit einem Silberkännchen voll Kaffee.
„Tut mir leid", so empfängt sie mich, „daß Sie so unnötigerweise zu mir hergesprengt worden sind. Mir geht es längst wieder bestens."
Aber meine Neugierde ist nicht so einfach zufriedenzustellen, darum muß ich sie fragen: „Wie kommt es, daß Sie Französisch sprechen? Sie haben mir doch einmal erzählt, daß Sie nur Englisch und ein wenig Russisch verstehen!"
„Das ist auch richtig – ich habe selbst nicht gewußt, daß ich immer noch einiges Französisch kann!"
Und als ich sie fragend anschaue, fährt sie fort: „Meine Eltern steckten mich als junges Mädchen in ein Schweizer Internat für höhere Töchter. Sie glaubten, das gehöre sich so, obwohl ich viel lieber studiert hätte. Diese Internatszeit war für mich die fürchterlichste Zeit meines Lebens. Dieses Eingesperrtsein, dieses ständige unter all diesen Mädchen Lebenmüssen, weit ab von meinen Pferden, dem Wald und den Seen zu Hause. Aber das Allerschlimmste war, daß wir dort nur Französisch sprechen durften. Als ich es nicht mehr aushielt, bin ich heim nach Masuren durchgebrannt und habe mich seither kindisch gefreut, jedes einzelne französische Wort gründlich vergessen zu können."
Ich rate der Gutsherrin, sich die nächste Zeit ein wenig mehr zu schonen und vielleicht doch die Reiterei aufzugeben – in ihrem Alter!
Doch dieses Ansinnen weist sie weit von sich: „Ich habe den Führerschein abgegeben, weil das Auto wie eine Waffe sein kann und ich keine anderen Menschen gefährden will. Aber beim Reiten gefährde ich bestenfalls nur mich selbst. Und mein Leben gehört mir und Leben heißt für mich Reiten – dafür sterbe ich notfalls auch." Zwei Jahre später hat sie ihren tödlichen Reitunfall. Der Gutshof liegt nun verwaist und verfällt langsam.

Ein Schnapstag

Der Ostermontag ist immer einer der Schnapstage im Jahr: überall, wo unverheiratete Frauen und Mädchen zu Hause sind, können ledige Burschen zum Hoamgartn einkehren, sozusagen als Tag der offenen Tür. Die Burschen werden mit Schnaps bewirtet und dürfen sich aus der großen Schüssel mit Ostereiern bedienen. Schön bunt sind die Ostereier und manche sind noch zusätzlich bemalt; fast alle Farben sind vertreten: Blau, Gelb, Grün und Orange. Aber rote Eier fehlen, denn die stecken die Mädchen heimlich dem Burschen zu, der ihnen besonders gefällt. Und jeder der Burschen legt am Ende des Feiertags größten Wert darauf, die meisten roten Eier aufweisen zu können.

Der junge Wackersberger hat heuer zu Ostern ganz spezielle Sorgen: obwohl noch sehr jung an Jahren, ist der Wackersberger-Dammerl schon Bauer von seinem großen Sach, weil die Eltern bei einem Verkehrsunfall vor Jahren beide ums Leben gekommen sind. Aber er hat noch zwei unverheiratete Schwestern, die er gerne unter der Haube wüßte, weil er nämlich gerne eine Bäurin hätte. Bloß, die will nur kommen, wenn sie auch alleine und ohne Mitsprache von zwei Schwägerinnen hausen kann. Also müssen die Schwestern verheiratet werden: zeitig wären sie ja auch, aber besonders schön sind sie wirklich nicht. Die eine hat einen Kropf und die andere ist lang und dünn und ißt für drei.

Aber der Dammerl hat einen Spitzeneinfall: „Wißts“, sagt er zu den Burschen, „i stift zwoa Faßl Bier und ihr kemmts auf d' Nacht zu mir auf'n Hof, wir zähln die roten Eier und der, der die meistn hat, kriagt des oane Faßl Bier. Des ander saufn wir glei aus.“

Dammerls generöse Geste ist aber tiefsinniger, als die Burschen merken: wenn die Burschen blau vom Schnapstag am Abend zu ihm kommen, und wenn er dann auch noch mit Bier nachhilft, könnte es doch sein, daß sie den Kropf oder Haut und Knochen nicht mehr so genau sehen, und er seine Schwestern endlich losbrächte.

So gibt der Dammerl seinen beiden Schwestern den strikten Auftrag viele Eier rot zu färben und recht lieb und nett zu sein, wenn die Burschen kommen. Er selbst besorgt zwei Faßl Bier à dreißig Liter.

Aber der Wiggerl, dessen Beine ein bisserl zu kurz geraten sind und der deshalb immer derbleckt wird, ist auch ein ganz ein Schlauer: schön still besorgt er sich einen Hafen roter Farbe und werkelt und kocht am Ostersonntag, bis er über zwanzig Eier rot gefärbt hat. Die Mutter schimpft schon, weil sie kein einziges Ei mehr gefunden hat, aber der Wiggerl möchte unbedingt des Faßl Bier gewinnen.

Am Ostermontag, abends nach der Stallarbeit, kommen die Burschen zum Wackersberger – alle schön blau und die Hosen und Joppensäcke voller roter Eier. Der Dammerl macht das eine Faßl auf und die Burschen legen die Eier auf das lange Küchenbüfett – jeder sein Häuferl

extra. Der Dammerl, der edle Spender, macht die Schiedskommission und fängt zu zählen an. Aber es ist ganz auffällig: der Wiggerl hat weitaus die meisten Eier, liegt einsam an der Spitze der Beliebtheit. Ja, da schau her! Doch der Konkurrenzneid schärft auch die Augen: während die Eier der anderen Burschen in den verschiedenartigsten Rot prangen, sind die vom Wiggerl alle schön gleichmäßig und von ein und dem selben Rot. Da ist was faul! Der Schwindel fliegt auf und der blondgelockte Peterl wird zum eindeutigen Sieger erklärt.
Aber Strafe muß sein: ungeschoren darf der Wiggerl, dieser „Ruach“, nicht davonkommen! Und dann hat einer eine gloriose Idee: der Hof des Vaters vom Peterl liegt dem vom Dammerl gegenüber auf dem nächsten Hügel. Getrennt werden die beiden Höfe nur durch eine Bachsenke und die hügeligen Weiden, die dem einen oder dem anderen gehören.
Also: „Der Peterl kriagt des Faßl, des is klar. Und der Wiggerl, der Hund, muß dem Peterl des Faßl hoambringn. Zu Fuß und über die Weiden!“ Großer Jubel: „Des is a grechte Straf und alle werdn zuschaun, wia der kloaghaxete Wiggerl des Dreißigliterfaßl über die Weidezäun hinweg zum Peterl seinem Hof hinaufschleift!“
„Genauso machn wir des!“ stimmt auch der Dammerl zu. „Aba warts no a weng – zerst muß des ander Faßl austrunkn wern.“
Dann verschwindet der Dammerl für eine halbe Stunde, kehrt sichtbar mit sich zufrieden zurück und stimmt ein in den Chor, der den armen Wiggerl derbleckt. Dem ist schon ganz schlecht und er braucht dringend einen Trost.
Aber dann – Mitternacht ist schon längst vorbei – drängt der Dammerl zum „Vollzug“.
„Ah, naa“, sagt der Wiggerl, „is do grad no so schee – mir machn weita bis in da Fruah, nachher könnan wir glei in Stall geh.“
„Nix da“, sagt der Dammerl, „jetzt werd ganga, no bevor 's Tag werd!“
Draußen vor dem Hof hieven alle zusammen dem Wiggerl das Faßl auf die Schulter und alle lachen und tun sich furchtbar schwer mit dem Stehen auf den Füßen – auch ohne Faßl. Und alle schauen zu, wie der Wiggerl den Hang hinunterschwankt und verzweifelt balanzierend das schwere Faßl über die Zäune hebt. Und wenn er im Schritt über dem Elektrozaun steht, dann haut es die Funken raus: den Wiggerl reißt es dann gottsjämmerlich und er flucht wie ein Bürstenbinder, während ihm die anderen zuschreien, daß er das Faßl ja nicht fallen lassen darf.
Die Schläge, die der Wiggerl auf den Hosenboden bekommt, sind viel stärker als normal, weil der Dammerl in aller Eile den Elektrodraht mit dem Stromnetz des Hofes verbunden hat. Trotzdem schwört sich der Wiggerl: „Liaba haut 's mir alls zamm, aber falln laß i des gwiß net!“
„Gej, Wiggerl“, schreit mitfühlend der Peterl nach, „jetza is bald aus mit deina Beliebtheit – nix geht mehr!“
Am nächsten Morgen schleppen sie zu viert den Wiggerl in meine Praxis und erzählen mir, daß ihn, den Wiggerl, halt ganz furchtbar die Hex erwischt hat und ihm ins Kreuz gefahrn ist.
Der Plan vom Dammerl hat sich aber wenigstens zur Hälfte erfüllt: der Wiggerl hat die Schwester mit dem Kropf geheiratet und geschadet haben ihm das Faßl und die Stromstöße auch nicht, weil – also er hat jetzt schon zwei Kinder mit der Kropferten!

Das undurchsichtige Fräulein Elvira

Wir haben auf dem Land alles, was die Stadt auch hat. Wir haben sogar ein Puffmobil!
Richtig praktisch: zum Wochenende kommt das Puffmobil, von dem Fräulein Elvira gefahren, von der Stadt heraus, um den überhöhten Wochenendbedarf abzudecken.
Und schön ist das Puffmobil auch, mit rotkarierten Rüschenvorhängen an den Fenstern und der roten Lampe über der Tür, die leuchtet, wenn „frei" ist.
Manchmal stehen sogar Schlangen an, Schlangen von Männern, draußen auf dem Waldweg, einen Katzensprung vom Dorf entfernt. Und das Fräulein Elvira schafft trotz erheblicher Anstrengung so viel Arbeit nicht mehr alleine: sie bringt eine arbeitswillige Freundin aus der Stadt mit.
Die Geschäfte laufen gut – zunächst, laufen sie dann eines Tages – besser eines Nachts – zu gut? Jedenfalls ist das Puffmobil eines Morgens durch Beilhiebe auf Motorhaube, Motor und Fensterscheiben fahrunfähig geworden und muß in die Autowerkstatt ins Dorf geschleppt werden.
Auch das Fräulein Elvira hat in dieser stürmischen Nacht einige Blessuren erlitten, die ich nähen muß. Anschließend nimmt sie sich ein Zimmer im Gasthof zur Post und erklärt mir, nicht eher zu weichen, bis ihr Puffmobil wieder fahrtüchtig und einsatzbereit gemacht worden sei.
Die arbeitsame Freundin ist spurlos verschwunden. Auf Klärung der Angelegenheit durch die Polizei legt das Fräulein Elvira absolut keinen Wert.
Das defekte Puffmobil erfreut sich als derzeitige Hauptattraktion großer Aufmerksamkeit der männlichen Dorfjugend. Der Herr Lehrer selbst führt die obere Schulklasse – aufgeklärt und modern wie er ist – in die Werkstatt und läßt die Buben einen Blick durch die zerbrochenen Scheiben ins verderbliche Innere des umgebauten Transporters werfen – zwecks Abschreckung versteht sich! Mit dem Fräulein Elvira aber habe ich meine liebe Not: im Gegensatz zu dem jetzt für alle offen liegenden Inneren des Puffmobils wird das Fräulein Elvira immer undurchsichtiger. Ich gehe nicht auf sie ein, überhöre, was ich nicht hören will.
Dann übergibt sie mir eines Tages eine Pistole zur Aufbewahrung mit den Worten:
„Mein Zimmer im Gasthaus ist mir nicht sicher genug und im Auto, in das jetzt alle Trottel hineinschauen, als würden sie weiß Gott was sehen, da geht 's schon überhaupt nicht mehr. Und dann möchte ich grad Ihnen, liebe Frau Doktor, keine Ungelegenheiten machen. Darum, bitte, nehmen Sie das Ding, bevor ich damit ein Unglück geschehen lasse und bewahren Sie es für mich auf!"
Und dann setzt sie noch unnötigerweise hinzu: „Waffenschein habe ich zwar keinen, aber bei Ihnen ist es ja inzwischen gut aufgehoben!"
Um Gottes willen! Was mache ich mit dem heißen Ding?

Fürs erste versperre ich die Pistole schleunigst in meinem Giftschrank und rufe die Polizei, „deinen Freund und Helfer", an.
Mir ist durchaus bewußt, daß Mitwisserschaft unerlaubten Waffenbesitzes allein schon strafbar ist und daß ich das Ding andererseits nicht mehr zurückgeben kann. Aber Fräulein Elvira hat es mir eindeutig in meiner Eigenschaft als Arzt übergeben und mich damit an meine ärztliche Schweigepflicht gebunden. Wenn ich ihr die Waffe wieder zurückgeben würde, stillschweigend, und es passierte dann tatsächlich ein Unglück damit, nicht auszudenken! Oder vielleicht ist sogar schon etwas Entsetzliches damit geschehen?! Wer soll das wissen? Die Pistole einfach fortwerfen in irgendein Moorloch, das geht auch nicht, denn das Fräulein Elvira würde mich des Diebstahls bezichtigen können.
Also nichts wie die Polizei anrufen und nachfragen, selbstverständlich unter Wahrung der ärztlichen Schweigepflicht: ich spreche deshalb am Telephon im folgenden nur von einem Mann, einem Patienten, der mir die Pistole übergeben hätte.
„Also", sagt der Polizeibeamte der Waffenabteilung, „das is scho ganz undurchsichtig und Sie machn Eahna strafbar, Frau Doktor, wenn Sie net . . ."
„Dann entbinden Sie mich von der Schweigepflicht!"
„Des kann i net! Aber Sie machn Eahna strafbar!"
„Aber ich ruf Sie doch an, weil ich mich nicht strafbar machen möcht'!"
„Dann sagn Sie, wem die Waffe ghört!"
„Das kann ich nicht!"
„Dann machn S' Eahna strafbar!"
Wütend haue ich den Hörer in die Gabel und entschließe mich, eine hochgestellte Persönlichkeit im Landratsamt anzurufen, von der ich weiß, daß sie „kommod" unbürokratisch ist. Ihr erzähle ich dieselbe Geschichte von dem Mann mit der Pistole.
Und die hochgestellte Persönlichkeit ist wirklich kommod! Sie verspricht mir, einen Polizeibeamten zu schicken, der mir das Ding abnehmen soll, ohne mich über die undurchsichtigen Tatsachen auszufragen – also ungewöhnlich schweigsam.
Übrigens drängt allmählich die Zeit und Eile ist geboten, denn die Blessuren des Fräulein Elvira beginnen abzuheilen und ihr Abzug steht bevor.
In voller uniformer Schönheit baut sich am nächsten Tag ein Polizist vor mir auf und sagt knapp, aber freundlich: „Also her mit dem Ding, Frau Doktor, i frag net!"
Ich will ihm schon – erleichtert – die Pistole in die Hand legen, da fällt mir ein: „Und wie kann i nachweisn, daß i des Ding net selber behaltn hab – dem Besitzer gegenüber, mein i? I brauch a Papierl für die Übergabe!"
„Was Schriftliches? Davo hab i nix ghört! Darüber habe ich keine Anweisungen erhalten!"
„Tut mir leid, dann kann ich die Pistole nicht übergeben!"
„Dann muß i Rückfrage haltn! I komm mit neuen Instruktionen zruck!"
„Is recht! Aber kommn S' bald, es pressiert!"
Zwei Stunden später ist der Polizeibeamte wieder da und hat auch ein Schreiben dabei, in dem bestätigt wird, daß ich die Pistole der Polizei übergeben habe, ohne Meldung, wem die Pistole gehört und wie ich dazu gekommen bin.
Nach drei Tagen ist der Motor des Puffmobils wieder heil, die Fenster sind eingesetzt, dem Fräulein Elvira die Fäden entfernt. Und das Fräulein Elvira sagt: „Dann war ich heute zum letzten Mal bei Ihnen, Frau Doktor, und ich möchte mein Spielzeug wieder zurück haben!"
Ui jegerl, die hat aber einen Wortschatz!

Mein väterliches Versagen

Schorschi, seine Mutter und ich feiern seinen Schulabschluß. Als Eltern sind wir auch recht stolz auf unseren wohlgeratenen Sohn!
Da Schorschi mich mit seinen sechzehn Jahren um mehr als Haupteslänge überragt, kann er lässig und von oben herab seinen Arm auf meine Schulter legen und mit neuer, männlich-tiefer Stimme sagen: „Also, Vater, jetzt habn wir 's do no gschafft!"
Und wir lachen alle drei herzlich und denken zurück an Schorschis fünften Geburtstag.
Dabei hatte Schorschis Geschichte doch sehr traurig angefangen: ich war eines Morgens um halb sechs zu Schorschis Vater gerufen worden, der einen tödlichen Herzinfarkt erlitten hatte. Selbst durch Herzmassage, gezielte Medikamentation und Beatmung blieb die EKG-Linie auf Null. Aus – nichts mehr zu machen!
Der Vater war jung gewesen, fünfunddreißig Jahre erst, und der Infarkt hatte sich im Schlafzimmer ereignet, gerade als der Vater aufgestanden war, um zur Arbeit zu gehen. Der Mann lag auf dem Teppichboden, seine junge Frau war vollkommen verzweifelt und hilflos, und als sie erkennen mußte, daß jede Hilfe zu spät kam, war sie zusammengebrochen.
Bei all dem Geschehen um ihn her war der damals zweijährige Schorschi stumm und tränenlos in seinem Gitterbettchen am Fußende des Ehebettes gestanden, stumm, mit großen, runden Augen. Irgendwann versprach ich dann seiner Mutter Vaterstelle bei ihrem Sohn anzunehmen, so gut, wie es mir nur irgend möglich sei.
In all den kommenden Jahren versuchte ich mein Versprechen einzuhalten: ich nahm ihn manchmal mit mir, spielte auch hin und wieder mit ihm und wenn Schorschi allzu frech wurde, schleppte ihn seine Mutter zu mir und ich redete ihm zunächst gut zu. Brachte dies aber nicht den gewünschten Erfolg, scheute ich mich nicht, ihn mir vorzuknöpfen. Dafür bemühte ich mich aber auch, die Wunden seiner diversen Unfälle zu verbinden und zu heilen. Waren seine Schulnoten zu schlecht, zitierte ich ihn ebenfalls zu mir, und einmal fischte ich ihn aus einem Haufen raufender Buben und nahm ihn mir meinerseits vor. Also kurz gesagt: Schorschi und ich hatten von Anfang an ein inniges Verhältnis zueinander.
Aber nach seinem fünften Geburtstag versagte ich jämmerlich und hätte beinahe Schorschis in mich gesetztes Vertrauen verloren. Und das kam so: Schorschis innigster Wunsch war, seinen Geburtstag groß zu Hause zu feiern mit gleichaltrigen Kindern aus dem Kindergarten. Darum bemühte sich seine Mutter, backte Kuchen und Krapfen, bereitete heiße Schokolade und kühle Limonade und dachte sich einige Spiele aus, um die Kinder zu beschäftigen.
Die fanden das auch ganz toll, bekamen

rote, erhitzte Bäckchen und gossen die Limonade in sich hinein.
Die Mutter mußte für Nachschub sorgen und ließ die Kinder für ein paar Augenblicke allein. Während sie in der Küche war, liefen die Kinder auf die Wiese hinaus, und da alle schon furchtbar viel getrunken hatten, zogen die beiden kleinen Mädchen ihre Höschen herunter und kauerten sich in Hockstellung auf die Wiese, um Wasser zu lassen.
Schorschi fühlte sich den Mädchen kameradschaftlich verbunden, ließ ebenfalls die Hosen runter und hockte sich nieder.
Als er für sein Tun von den anderen Buben viel Hohn und Spott erfuhr, war er zunächst erstaunt, brach aber dann in Tränen aus.
Schorschi war untröstlich und verstand die Welt nicht mehr. Die Mutter forderte am nächsten Tag meine Hilfe an.
Da verstand Schorschi zwar die Welt immer noch nicht, hatte aber sein Selbstvertrauen wiedergefunden und stand trotzig und breitbeinig vor mir, als ich auf ihn einzureden begann.
„Schorschi, hör mal! Kleine Buben, wenn sie biesln müssn, bleibn stehn. Dafür ist der Hosnschlitz da. Männer machn es so und du willst do a Mann werdn, net?"
„I versteh di wirkli net!" jammerte der Schorschi, Vorwurf in der Stimme. „Du selber hast gsagt, i soll nur alls so machn wie die Mama. Ja, und die Mama setzt sich immer hin, wann sie aufs Klo geht und drum mach i des aa so!"
„Is ja gut! Du sollst scho alls machn, wie d' Mama sagt, bist a braver Bub! Aber schau, d' Mama hat aa koan Hosnschlitz und überhaupt schaut sie anders aus wie du – des woaßt du do – du hast es ja aa scho gsehn! Also, wenn si d' Mama zum Biesln hinsetzt, dann is des ganz in Ordnung. Aber du bleibst stehn, weil du jetzt scho a großer Bub bist!"
„Du redst scho komisch!" sagt der Schorschi gänzlich verstockt. „I mach des bloß dann so, wenn du mir des vormachst!"
Oh weh, unversehens war ich an meine Grenzen gestoßen und versagte als Vater jämmerlich!
So wußte ich mir keine bessere Hilfe, als den Schorschi ein paar Tage zu vertrösten, währenddessen ich mich nach einem humorvollen, verständigen Vater umsah, der möglichst einen oder besser zwei Söhne besaß, die ein paar Jahre älter waren als der Schorschi. Ich fand ihn im Herrnbauern. Der lieh mir seine Söhne aus.
Voller Stolz und trotzdem mitleidig bauten sich die beiden Buben auf der Wiese vor Schorschi auf und pinkelten um die Wette.
Die Mutter und ich sahen uns beglückt und erleichtert an, als der Schorschi endlich mit einem jubelnden Schrei: „Ja, des kann i aa!" sein Hosentürl öffnete.

Vor Rehen wird gewarnt

Es ist wirklich eine große Hochzeit: die älteste Tochter vom Apotheker heiratet. Ein schönes Paar sind sie auch, wie sie da aus dem Kirchenportal herauskommen: groß, mit blondem Schnauz und fesch in seinem Trachtenanzug der Bräutigam, halt ein „Kerndlgfutterter"! Und auch die Braut: mit einem feinen, zarten Gesichtchen, und ein schönes, elfenbeinfarbenes Dirndl hat sie an. Die bauschige Schürze verdeckt recht gut, daß die Braut schon a bisserl schwanger ist. Darum hat auch der Herr Pfarrer seinen eigenen Haflinger vor die Hochzeitskutsche spannen lassen, um der Braut den beschwerlichen Weg bis zum Postwirt zu erleichtern.
Aber als die Braut den Fuß hebt, um in die Kutsche einzusteigen, scheut der Haflinger und die Braut fällt um. Mitten in die Regenpfütze setzt sie sich mit ihrem Hintern und dem Weißseidernen. Aber das ist ein glückliches Vorzeichen, sagt die alte Wessl-Zenz und die muß es ja wissen.
Aber andere behaupten doch glatt, das Pferd habe gescheut, weil es vor dem bösen Blick der frischgebackenen Schwiegermutter so erschrocken sei.
Hernach sitzen dann alle im großen Postsaal, und weil es arg viele Leute sind, wurden die Tische U-förmig aufgestellt. Am Quertisch – ohne Gegenüber, aber mit Blick aufs Volk – thront das Brautpaar, flankiert von den Elternpaaren, den Trauzeugen und Hochwürden.
Von meinem Platz an einem der unteren Ecken aus – ich gehöre ja nicht zur Verwandtschaft – habe ich einen guten Blick auf den Brauttisch und während des vielgängigen Hochzeitsmahls – der Brautvater, der Herr Apotheker, kann sich schließlich nicht lumpen lassen – habe ich viel Zeit für Betrachtungen und mir fällt plötzlich das berühmte „Abendmahl" von Leonardo da Vinci ein. Vielleicht, weil auf diesem Bild auch so ein langer Tisch ohne Gegenüber zu sehen ist? Oder weil an diesem Brauttisch auch ein Abendmahl zelebriert wird? Ein Liebesmahl, ein Opfermahl? Geh, Opfermahl! Wer soll denn geopfert werden? Die Braut doch gewiß nicht! Die sitzt meist mit züchtig niedergeschlagenen Augen da, sanft errötet. Aber

da! Ui jegerl! Hast du das gesehen? Auf einmal hat sie des Köpferl gehoben, sich ein bisserl vorgebeugt und ihre Mutter angeschaut, die selig und zufrieden wie eine Braut neben ihrem Schwiegersohn sitzt und ihm auf dem Tisch die Hand tätschelt. Also, die ist zufrieden mit ihrem Schwiegersohn, obwohl der – nicht ganz standesgemäß – bloß der Sohn aus der Gärtnerei ist. Die Braut aber hat ihre eigene Mutter mit einem eiskalten Blick angesehen! Nein, ein Opfer ist die gewiß nicht!
Der Schwiegervater, der neben der Braut sitzt, ist wie sein Sohn ein „Kerndlgfutterter" und noch recht gut beieinander. Und auch er scheint der Hochzeit zuzustimmen, denn er hockt geradezu in einer eigenen Gloriole seliger Zufriedenheit. Jetzt beugt er sich nach vorn und möchte – an Braut und Bräutigam vorbei – mit der Brautmutter reden, aber seine Frau – die mit dem bösen Blick – neben ihm merkt das und zupft ihn streng am Joppenärmel. Er muß mit ihr und Hochwürden reden, der neben der Schwiegermutter sitzt. Oh weia, die schaut vielleicht grimmig drein und paßt auf! Na, gut Kirschenessen ist mit der nicht! Und es ist nicht zu übersehen: sie mag die Brautmutter überhaupt nicht!
Dabei schaut die so nett und lieb aus, klein, zart, fast zerbrechlich sitzt sie da und strahlt mit großen, dunklen Rehaugen ihren Schwiegersohn an. Ich aber weiß, warum!
Vom Ultraschall her hat sie erfahren, daß sie einen Enkel kriegen wird und sie freut sich so ganz besonders darauf, weil es das Kind sein wird, das sie niemals mit dem Vater des Bräutigams haben durfte!
Komisch: wie die Brautmutter so schmal, zart, schutzbedürftig und liebevoll in die Gegend und um den Tisch herumschaut, fällt mir plötzlich ein Roman von Vicki Baum ein, in dem von einer kleinen, zarten Frau erzählt wird, in der sich eine stahlharte Kraft und ein eiserner Wille verborgen halten. Aber der Buchtitel will und will mir nicht einfallen.
Die Brautmutter hier hat ein nicht ganz einfaches Leben hinter sich: Ihr Ehemann, der Herr Apotheker, hat sie mit ihren kleinen Kindern sitzen gelassen und ist in seine Apothekenfiliale gezogen, die er in der Kreisstadt der besseren Verdienstmöglichkeit wegen eröffnet hatte. Dort hat er sich mit seiner jungen Apothekenhelferin zusammengetan, einer grauen Maus, die seiner Frau eigentlich in keiner Weise das Wasser reichen kann, aber jünger ist sie halt. Und die graue Maus ist jetzt auch da! Dort hinten, die mit den hektisch roten Flecken auf den Backen, die keinen Blick von ihm, dem Herrn Apotheker läßt, der natürlich am Brauttisch neben seiner Ehemaligen sitzt und tut, als wäre nie etwas geschehen. Für die Brautmutter aber ist er – trotz seiner ungeheuren Gewichtigkeit – einfach Luft.
Mei, war das eine Aufregung, wie der Herr Apotheker auf und davon ging und Frau und Kinder einfach sitzen ließ. Ein Skandal! Die Apotheke sperrte er einfach zu – „Rentiert sich nimmer" – und ließ die Familie ganz allein.
Die kleine Frau war wirklich arm dran und so hilflos: allen tat sie leid und alle luden sie ein und kümmerten sich um sie: der Gartenverschönerungsverein,

die Skatrunden, der Hausfrauenclub und die Gebirgsschützen. Den Gebirgsschützen bestickte sie die neue Fahne und überhaupt ging ihnen schon bald gar nichts mehr ohne die Frau Apotheker. Und der Hauptmann von den Gebirgsschützen war der Besitzer der großen Gärtnerei, der Bräutigamvater!
Und alle wußten bald: hier ist die große Liebe ausgebrochen. Nur die gehörnte Ehefrau erfuhr es als letzte. Mei, war die dann aufgebracht: sie marschierte los wie der Schmied von Kochl – fast noch grimmiger. Und sie machte die Apothekerin überall schlecht, bis sich die vom Gärtner wieder ganz zurückzog. Aber öffentlich erklärte sie, die Apothekerin: „Ohne diese Liab wär mei Leben arg arm gwesn, aber jetzt fehlt si nix mehr, weil i das Schönste ghabt hab."

Wie heißt denn bloß das Buch von Vicki Baum? Vor lauter Sinniern habe ich jetzt fast die geschwollene Rede vom Brautvater, dem Herrn Apotheker, überhört. Macht nichts! War auch nicht so großartig und wenn er noch so biedermännisch tut! Gemocht habe ich ihn noch nie: wie der schon immer hinter seiner Ladentheke direkt eine Sprechstunde abhielt. Froh war ich, wie er wegzog! Aber jetzt tut er, als wenn gar nie etwas gewesen wäre! Die andern haben das aber nicht vergessen, darum ist der Applaus auf seine Rede schon sehr mäßig. Bloß die graue Maus da hinten klatscht frenetisch!
Später, viel später, als die meisten beim Tanzen sind, kommt der Herr Apotheker – mit seinem Kuchenteller in der Hand – zu mir, zieht sich einen Stuhl heran und sagt der Kellnerin, sie soll ihm sein Schalerl Kaffee da her bringen. Also ganz nüchtern ist der nicht mehr, aber redselig! Zu mir! Mir bleibt doch nichts erspart! Alles erzählt er mir: von seiner ehemaligen Frau und wie sie ihn förmlich aus dem Haus geekelt habe, mit ihrer Herrschsucht; und wie er ihr immer zu wenig Geld abgeliefert habe, für ihrer Geschmack, dabei habe er doch . . . und wenn er zärtlich zu ihr geworden sei – im Bett –, dann habe sie nichts von ihm wissen wollen und ihn ausgelacht . . . und dann weint er, mitten auf der Hochzeit kugeln ihm die Tränen über die dicken Backen – und mir fällt der Buchtitel ein, ganz plötzlich: Vor Rehen wird gewarnt!

Das Für

Samstagnachmittag im November. Naßkalt, nebelverhangen, draußen ist alles wie erstorben, kein Licht, kein Leben. Das passende Wetter für Selbstmordgedanken.
Und das ist es dann auch: einer ruft an, holt mich zu seinem Nachbarn, denn er hat einen Schuß gehört und die Frauen sind heulend und hilfesuchend zu ihm gelaufen.
Der Anrufer erwartet mich vor dem alten, niedergebauten Bauernhaus, aus dem uns lautes Jammern und Klagen entgegenschlägt. Die Küche ist klein und dunkel, mitten im Raum stehen zwei weinende Frauen, eine mittelalte und eine alte. Auf dem altertümlichen, abgenutzten Sofa in der Küchenecke liegt blutüberströmt der bewußtlose Bruckner-Michi, halb vom Sofa gerutscht. Ein Gewehr steht zwischen die Beine gelehnt, den Lauf nach oben. Der rechte Fuß des Michi ist ohne Schuh und Strumpf.
Der Mann ist fast pulslos und röchelt, weil der Einschuß hinter dem Kinn am Mundboden erfolgt ist, die Kugel die Mundhöhle durchdrungen hat und im eisenharten Knochen des Schädelbodens steckengeblieben ist.
Zuerst Intubation, um die Atemwege freizulegen, dann Infusion zur Schockbekämpfung. Der Nachbar eignet sich hervorragend als lebender Infusionsständer. Dann künstliche Beatmung.
Die beiden jammernden Frauen stehen hilflos und störend herum. Ich schicke sie deshalb fort, um in meinem Namen die Sanitäter zu verständigen und einen Rettungshubschrauber anzufordern.
Nachdem von meiner Seite aus alle lebensrettenden Maßnahmen getan worden sind, heißt es warten. Der Bruckner-Michi ist immer noch bewußtlos, aber er atmet bereits wieder selber und wehrt sich in ersten Schluckversuchen gegen die lästige Intubation.
Nun habe ich Zeit, um die Waffe in Augenschein zu nehmen, mit der der Bruckner-Michi seinen Selbstmordversuch getätigt hat: ein kleinkalibriges Repetiergewehr, ein sogenanntes Schonzeitgewehr, das zwar auf der Rehjagd wegen ungenügender Schußleistung verboten ist, von Wilderern jedoch von jeher gerne geführt wird, da der Schuß leise ist.
Da schau her! Der Bruckner-Michi! Interessant!
Dann rennen die Sanitäter mit der Krankentrage in die Küche. Gemeinsam verladen wir den Michi in den Wagen, fahren das Stück bis zur Gemeindewiese und warten auf den Hubschrauber, der kurz darauf niedergeht. Schade, daß der Michi den einzigen Flug seines Lebens nicht mitbekommt: der hätte ihm sicher einen Mordsspaß gemacht!
Der Bruckner-Michi ist sein Leben lang ein Taugenichts gewesen, aber sein Wesen strahlt etwas derart unfaßbar Liebenswertes aus, daß kaum jemand davon unbeeindruckt bleiben kann.
Kein Zug an dem Michi ist grob oder gar brutal, sondern zart, schwach und zerbrechlich wie seine ganze kleinwüch-

sige Gestalt auch und seine schmalen, langfingrigen Hände, die der harten Bauernarbeit so gar nicht gewachsen sind.
Über dem gänzlich unbayerischen feinknochigen Gesicht liegt stets ein verträumter, fast unirdischer Zug. Auch die Tiere spüren diese besondere Art und Ausstrahlung des Michi, denn alle – gleichgültig welcher Gattung und Rasse sie entstammen – die mit dem Michi zu tun haben, hängen in beinahe abgöttischer Liebe an ihm. So soll er in seinen jungen Jahren alle die Kühe gemolken haben, die sich störrisch und bösartig sonst nicht melken lassen wollten. Die Katzen der gesamten Umgebung laufen ihm zu und weigern sich kratzend und beißend von ihm weg nach Hause gebracht zu werden. Seine Jagdhunde, die er im Laufe der Zeit besitzt, hängen alle derart an ihm, daß nicht der geringste Zweifel bestehen kann, daß jeder von ihnen mit Freuden sein Hundeleben für den Michi geben würde und ganz besonders hängt der Dackel Bazi an ihm.
Zu all dem hat der Michi natürlich auch eine Erklärung!
„Woaßt", sagt er gerne und lächelt dabei, „i hab halt a bsonders Verhältnis zum Lebn und die Viecher spürn des aa. I mag 's Lebn und d' Arbeit is für nix Guats da. I mag s' aa net! Aber mei bsonders Verhältnis zum Lebn – ja, des is scho recht!"
Von seiner Mutter hat er das armselige, aber malerisch gelegene Anwesen bekommen, das niedere Holzhäuschen mit dem angebauten Stall. Vor dem Haus zieht sich ein kleiner Wiesenhang zum Dorfweiher hinunter. Am Ufer steht romantisch und mit rauschenden Zweigen eine uralte, schattenspendende Trauerweide, im Wasser blühen zur Sommerszeit die Seerosen und die Frösche verkünden lautstark, daß die schönste Jahreszeit gekommen ist.
Der Michi hält sich auf seine Zartheit etwas zugute; ist es doch sinn- und augenfällig, daß er zur schweren Bauernarbeit nicht geschaffen ist und so stiehlt er sich lieber in den Wald hinaus. Wenn die Mutter wegen ihrer vielen Arbeit grantelt, dann legt ihr der Michi lächelnd einen gestohlenen Sonntagsbraten auf den Tisch.
Er heiratet spät eine kräftige, kreuzbrave Frau. Bestens zur Arbeit geeignet. Kinder werden ihm nie geboren. Mit der Ehe ändert sich für den Michi nicht allzuviel: die alte Mutter wird in der Arbeit um Haus, Stall und Weiden durch die Frau entlastet, und wenn jetzt auf den Michi geschimpft wird, dann sind es halt zwei Frauen statt nur einer und darum muß der Michi noch öfter im Wald verschwinden.
Viele Wochen bleibt der Michi in München im Krankenhaus. Erst als die Tage wieder lang und warm werden, die Weidenblätter wieder rauschen und die Seerosen zu blühen anfangen, kommt der Michi zurück. Doch die Wunde ist noch nicht verheilt: unter dem Kinn, dort, wo die Kugel eingedrungen ist, hat sie den Unterkiefer zersplittert. Der Kiefer selbst ist zwar unter der Schienung in seinen Bruchstücken zusammengeheilt, aber eine eiternde Fistel ist geblieben.
Alles ist ganz anders geworden nach Michis Heimkehr: die beiden Frauen sind heilfroh, daß sie ihren Michi wieder haben und umsorgen ihn um die Wette. Und alle Welt kann sehen, daß der Michi ein kranker, schwacher Mann ist; keiner kann mehr so herzlos sein, ihm Arbeit zuzumuten, wo er doch sogar viel zu schwach ist, um auch nur in den Wald zu gehen! Außerdem muß ja die Doktorin ein- oder zweimal die Woche kommen, um ihn zu verbinden. Und wo der Doktor ins Haus kommt, da muß einer schon sehr krank sein!
So verbringt der Michi die Tage des Sommers in einem alten Korbstuhl, den ihm seine Frau in den wandernden, fleckenden Schatten der Weide ans Weiherufer stellt. Klein und schmächtig sitzt der Michi darin und bietet einen herzzerreißenden Anblick mit dem blütenweißen Tuch um das Kinn geschlungen, Knoten und steif abstehende Tuchenden oben auf dem Kopf – ein Osterhäschen! Wenn ich zum Verbinden komme, wandere ich meist zum Michi hinunter an den Weiher – der Einfachheit halber. Störend in der Idylle ist immer nur der Dackel Bazi, der mich jedes Mal wütend bellend empfängt. Ich bin stets darauf bedacht, meine große Arzttasche zwischen den Bazi und meine Beine zu plazieren, denn mit

Bazis scharfen Zähnen habe ich schon Bekanntschaft gemacht. Michi muß den Bazi immer energisch zurückpfeifen, bevor der sich erneut auf Michis Schoß niederläßt und aus nächster Nähe und genauestens mein Tun an seinem Herrchen verfolgt.
Michi wird mit Mal zu Mal zutraulicher und gesprächiger. Ich setze mich ins Gras und höre dem Michi zu. Und eines Tages spreche ich ihn an: „Schau, Michi, wär do schad gwesn, wenn 's damals geklappt hätt mit dem Erschießn. All des Schöne da wär dir glatt auskommn!"
„Woll, woll, wär scho schad gwesn. Aba damals hat mir halt des Für gfehlt, is mir gnommn worn, des Für!"
„Des Für? Was meinstn damit?"
„No schau, wenn du für was lebst, für irgendwas, ganz glei für was, dann is alls guat! Schau, du kannst für an andern Menschn lebn, fürs Fußballspieln, fürs Briefmarknklebn oder – vo mir aus – aa für den liebn Gott. Des is alls gleich, nur für eppes muß sei und dann weißt plötzli, warum du lebst, was du machn willst oder sollst und zu was des Ganze, dei Lebn halt, führn soll."
„Da is was dran, Michi. Aber sag, jetzt lebst also wieder für was?"
„Freili!"
„Für was nacher?"
„I leb net für die andern. Mei, Kinder hab i koane, für d' Arbeit und fürs Geld leb i aa net, aa net für d' Ehr und des ganze Glump!"
„Für was dann?"
„Mei, jetzt bloß no für den Bazi. Gellja, Bazi! – Aber früher, da hab i a groß Für ghabt. Für d' Viecher hab i glebt, für d' Reh und für'n Wald, mei, für des Lebn halt, des des einzige wär, wenn d' Leut net so viel drumrum gmacht hättn."
„Du meinst, des Lebn, wie 's früher war, ohne Technik, einfach, ursprünglich? Is des richtig?"
„Scho."
„Sag, Michi, für den Wald lebst do aa no und vielleicht aa a bisserl für des Wildern?"
„Scho, früher – a wengerl!" sagt der Michi und grinst mit blinkenden Lichtern in den Augenwinkeln.
Aber dann setzt er – plötzlich ernst geworden – mit harter Stimme hinzu: „Aba jetza nimma für'n Wald und nimmer für d' Reh, – gell, Bazi, jetza bloß no für di!"
Ich laß eine Weile verstreichen, in der nur die Hummeln summen. Dann frage ich ruhig, fast nebenbei: „Michi, warum hast du das damals gmacht? Was is passiert?"
„I bin do koa Mörder!" sagt der Michi mit brüchiger Stimme und mit ungewohntem Groll in der Brust. „Naa, i net – liaba bring i mi selber um!"
„Aber, Michi, koa Mensch hält di für an Mörder! Was is denn passiert?"
„I sag des von mir selber – sonst woaß des ja koaner!"
„Was is passiert, Michi, erzähl 's doch! Vielleicht kann i dir helfen!"
„Im Oktober war 's, die Rehböck warn scho zu und zum Geißnabschuß, wenn 's kalt und regnerisch werd, dann kommen s' nimmer viel, die feinen, gstadterischn Herrn Jager und da ghört da Wald wieder mein – hab i denkt. Mei, i bin so vor mi hinganga, bis zu dem Waldwieserl, wo allerweil was steht – sag, soll i dir jetza wirkli alls vazähln?"
„Scho, Michi, bist ja scho mittndrin!"
„Also, gregnet hat 's, neblig war 's und i hab koan oanzign Menschn gsehn, bloß vui Reh. Mei, denen hat halt des Tröpfln in da Dickung drin net paßt. Rein zufälli bin i an da Stell vorbeigkommn, wo i mei Büchserl vasteckt ghabt hab. No, hab i mir denkt, schaugst halt nach, ob 's no da is und ob 's scho recht varost is. Woaßt, i hab 's den ganzn Sommer net braucht, die Jager warn so vui da. Aba jetza! Jetza is alls schö stad und 's Büchserl war gar net varost. No, hab i mir denkt, gönnst eahm halt a bisserl aa a frische Luft. Ja, und nachher bin i an des Wieserl kemma und a Geiß mit zwoa Kitzerl is dagstandn. No, hab i denkt, nimmst dir oans davo, merkt nia neamand. An am Baam hab i angstrichn und wollt scho an Finga krumm machn, da hab i a Bewegung gsehn, rechts ober meiner, am Hochsitz drobn. Pfeigrad – a Jager war 's und oglegt auf die Reh hat er aa scho ghabt, aba mi hat er no net gsehgn ghabt! Woaßt, i hab nimma denkt, bin bloß daschrockn, hab 's Büchserl a bisserl draht und aufighobn – und wollt scho abdruckn vo hint. Da is mei Denkn wieda zruck kommn und i bin so vui daschrockn. Auf an Menschn, an Jager hab i oglegt, vo hint, wo mi der do no gar net daspecht hat. I, a Mörder, a bluatiger!

Da hab i mi ganz schnell umdraht und bin auf und davo, bin direkt hoamglaffa und in meine Ohrn hat 's gschrien: Oglegt auf an Jager! Vo hintn! Mörda, Mörda! – – – Nachher hat mi glei gar nix mehr gfreit, da Wald net, d' Reh net und des Büchserl scho glei gar nimma. No, und a weng später wollt i mir halt den Kugeltod gebn, den irgendwo jeder anständige Wildschütz erwart!"
Gegen Ende August hat sich Michis Zustand soweit gebessert, daß er manchmal seinen Korbstuhl verlassen kann und mit den beiden Frauen aufs Feld hinausfährt. Er bleibt dann – immer noch als kleines Osterhäschen verkleidet – auf dem abgestellten Traktor hocken, den Bazi auf dem Schoß – und schaut den Frauen zu, wie sie rechen, Zäune abstecken oder tun, was immer an Arbeit anfällt.
Eines Tages im September entdecke ich beim Verbinden einen abgestoßenen Knochensplitter im Fistelgang: der sogenannte Sargdeckel der Knochenmarkseiterung hat sich abgestoßen. Ich erkläre dem Michi, daß nun der Zeitpunkt gekommen sei, um wieder ins Krankenhaus zu gehen, die Knochenmarkseiterung könne jetzt operativ beseitigt werden.
Da vergißt der Michi seine Schwäche und beharrt wild: „I geh net ins Kranknhaus! Bloß als Leich bringst mi da wieda hin! Und wenn des Zeug unbedingt gricht wern muß, dann laß i mir des bloß vo dir machn!"
„Naa, Michi, des is net ungfährlich. A Stück Knochn muß abgmeiselt wern, alls Krankhafte, Eitrige muß weg und 's kann dabei a Gefäß verletzt wern, a Blutung kann entstehn."
Kategorisches in der Stimme fragt mich der Michi: „Also, was is? Hast an Meißel und des Sach, des ma dazu alls braucht oder net?"
„Ja, scho, aber . . ."
„Nix aber – dann machst du 's aa!"
„Aber, Michi . . .", will ich nochmals protestieren, als ein Licht über Michis Gesicht zieht, aus dem so grenzenloses Vertrauen leuchtet, daß mir angst und bange vor dessen Anspruch wird.
„Woaßt, du machst des scho! Wann willst 's machn?"
Ich gebe mich geschlagen und bestimme den Tag.
Ich hole den Michi zu Hause ab, um ihn in die Praxis zu bringen. Zur Feier des Tages hat er seine nagelneue Bundlederne angezogen, in der der Michi zweimal Platz gefunden hätte, und er hat sich frisch rasiert. Stolz wie ein Zaunkönig sitzt er neben mir im Auto und grüßt ebenso huldvoll wie würdig zum Fenster hinaus, wenn die Leute, an denen wir vorbeifahren, in Richtung meines Wagens grüßen.
Nach der Operation schlägt Michi die Augen auf und lächelt mich an.
„Was hab i gsagt? Du machst des alls!"
Dann wird es draußen kalt und deshalb entscheidet der Michi seinen Weibersleut gegenüber, sie seien für die Außenarbeiten und den Stall zuständig, er für das Haus und die Küche. Das Essen steht nun pünktlich und dampfend auf dem Tisch in der Küche, wenn die Weibersleut mittags frierend nach Hause kommen.
Der Nachmittag aber gehört wieder dem Michi und dem Bazi allein: Eng hockt der Michi an dem noch warmen Herd geschmiegt und träumt wieder vom Wald und vom Wild, während der Bazi zur Gänze in die Backröhre schlüpft. Nur die Schwanzspitze schaut noch heraus. Schlafend gibt er knurrende Hetzlaute von sich, um im schönsten aller Träume ein Reh aufzustöbern.
So geht der Winter vorüber. Hausarbeit und Träume für den Michi und seinen Dackel, Stall- und Hofarbeit für Ehefrau und Mutter. Alles ist friedlich und geruhsam und ich schaue nur noch gelegentlich vorbei, wenn mich die Lust ankommt, mir eine Wilderergeschichte in dieser verrauchten, alten, warmen Kuchel anzuhören.
Dann kommt das Frühjahr, der Michi sitzt manchmal schon draußen auf der Hausbank und genießt die Sonne.
Dabei muß es passiert sein: Seinem Bazi gerät der herrliche Duft eines Hundemädchens unwiderstehlich in die Nase und läßt ihn sein Herrchen glatt vergessen. Auf und davon!
Der Michi träumt, daß die ersten Rehgeißen schon bald setzen werden und die alten Böcke, schon fertig geschoben, anfangen ihr Gehörn zu fegen. Und der Traum ist so schön, daß er nicht merkt, wie es den Bazi davonreißt: er tut dies ja auch sonst niemals!
Spät am Nachmittag ruft mich Michis

Das Anwesen des Bruckner-Michi

Frau an und bittet mich weinend um einen Hausbesuch so bald als möglich. Ich frage nicht viel, denke, mit dem Michi sei etwas passiert und sehe zu, daß ich mich frei machen kann.
Fast wie beim ersten Mal laufe ich ins Haus und Weinen empfängt mich, aber nicht der Michi liegt in seinem Blut, sondern der Bazi, der Hund!
Auf den Spuren der Liebe wandelnd und blind vor Begehrlichkeit hat der Bazi einen großen, starken Rivalen übersehen und der hat dem Dackel glatt die Kehle durchgebissen. Nachbarn haben den Bazi nach Hause gebracht.
Michis Frau ist zum Tierarzt gelaufen, den Hund in den Armen und der hat den Bazi zum Sterben aufgegeben, aber der Michi will und kann es nicht wahrhaben, also muß ich her!
„Gell, du machst des!" fleht er mich trostheischend an. Aber es ist hoffnungslos: die Luftröhre ist vollkommen durchgebissen und unter der Haut hat sich bereits ein Luftemphysem gebildet und läßt den Hals aufschwellen. Ich versuche zwar noch die Luftröhre abzudichten, aber eigentlich nur, damit sich der Michi wenigstens ein bisserl trösten soll.
Dann schiebt der Michi Wache, bis der Bazi mitten in der Nacht seinen letzten Schnauferer tut.
Am folgenden Morgen sehe ich nach dem Michi, ich will wissen, wie er den Kummer überstanden hat, aber er bewegt nur hilflos den Kopf von rechts nach links und von links nach rechts, Tränen rollen über seine hohlen Wangen und er murmelt immer wieder: „Jetza mag i nimmer lebn, jetza is für mi aa vorbei, i mag nimma, jetza hab i gar koa Für mehr!"
Ich halte dies für eine vorübergehende Reaktion seines Kummers und glaube ihm nicht, aber bereits drei Wochen nach Bazis Tod ist der Michi nur noch ein Schatten seiner selbst und meint mit tonloser Stimme: „Jetza hab i an Krebs in mir, der frißt mi auf. I mach 's nimma lang!"
Mager ist der Michi geworden, blaß, zerbrechlich und unendlich müde hockt er da, aber ich kann und kann keine sicheren Anzeichen für eine Erkrankung feststellen. Nur, daß er es „nimma lang macht", davon bin auch ich jetzt fest überzeugt.
An was aber will der Michi sterben, an welchem Unfaßbaren, Ungreifbaren? Alles, was in mir aus eingebleuter Schulmedizin besteht, sträubt sich gegen die Annahme, daß hier ein Leben zu Ende geht, weil es eben erlöschen will, weil nichts mehr da ist an Lebenskraft, das diesen zarten Faden noch speisen will. Doch vielleicht – dies ist meine letzte Ausflucht – bin ich gerade im Fall vom Michi mit Blindheit geschlagen und übersehe einfach die Anzeichen einer bestimmten Krankheit? – Andere müssen her, mich vor Fehlern zu bewahren.
„Michi, du mußt no amal ins Kranknhaus! Schau, i kann die Verantwortung net alloa tragn. Sei lieb und laß di im Kranknhaus no amal untersuchn!"
„Baldst moanst – tu mi halt fort – du magst 's eh nimma machn."
Als die Sanitäter ihn in den Wagen schieben, sagt er zu seinen weinenden Frauen: „I kimm scho wieda hoam – zum Sterbn, weil i des net im Spital tu!"
Vier Tage hält er still und geduldig im Krankenhaus aus, dann aber verschwindet er – noch vor dem endgültigen Abschluß der Untersuchungen – und taucht erst drei Tage später wieder zu Hause auf.
Auf meine Vorhaltungen zu seinem so eigenständigen Abbruch des Krankenhausaufenthaltes sagt der Michi nur: „Is do eh gleich und sterbn möcht i dahoam. Mei Verhältnis zum Lebn is hin! Da findn die Gscheitn im Spital aa nix anders und i mag aa nimma, jetza, wo der Bazi hin is. Und a Für hab i aa koans mehr!"
„Michi, iß bloß a bisserl, damit du mehr Kraft kriegst, dann nehm i di mit ins Revier, Rehe anschaun. Schau, die Kitzerl springn scho rum und die altn Rehböck wern recht heimli. Iß halt, kruzitürkn!"
In seinen Augen glimmt ein fernes Licht auf, aber es nennt sich nur Erinnerung, die Wärme der Hoffnung ist ausgeglüht.
„Woaßt, des braucht 's aa net: am Wald hab i scho pfüa di Gott gsagt, wie i vom Spital hoamganga bin!"
Am nächsten Morgen liegt der Michi entschlafen in seinem Bett.
Als ich den Leichenschauschein ausstellen muß, fällt mir keine Todesursache ein und so schreibe ich: „An gebrochenem Herzen."

Tollwut

Eines Abends – ich will gerade zu Bett gehen – höre ich ein seltsames Geräusch an der Haustüre, das ich nicht recht einordnen kann. Vorsichtig öffne ich deshalb ein Fenster und im Lichtschein der Lampe dieses Bild: vor der üppig blau blühenden Clematis steht geifernd und zähnefletschend ein roter Fuchs, unsere blonde Colliehündin wirft sich voller Angst und Schrecken gegen die Haustüre, daß das Holz in seinen Fugen kracht.
Dann geht alles sehr schnell: ich lenke vom Fenster aus die Aufmerksamkeit des Fuchses auf mich, so daß die Hündin entkommen kann. Von der spaltbreit geöffneten Haustüre aus schießt mein Mann auf den Fuchs und trifft ihn und die Clematis in voller Breitseite.
Angefaßt mit Einmalhandschuhen wird der Fuchs in einen Plastiksack verpackt zur Einsendung in das Tierseucheninstitut.
Noch mitten in der Nacht wird der Eingang gründlichst mit Desinfektionsmitteln geschrubbt.
Soweit alles gut, auch wenn zur gegebenen Zeit aus der Stadt der Befund kommt: Tollwut!
Vier Wochen später, an einem Samstag, fährt mein Mann mit der Haushälterin an einer Weide vorbei, auf der sich Rinder befinden. Eines davon ist über das Tränkebecken gebeugt, will trinken und kann scheinbar nicht, und es macht einen sehr kranken Eindruck. Mein Ehegespons hält den Wagen an, läuft zu dem Rind, will es von der Tränke fortschieben, um nachsehen zu können, ob überhaupt noch Wasser kommt; da fällt das Tier um und stürzt unglücklicherweise ausgerechnet auf den Stacheldraht, der die Weide von der anderen trennt.
Die Haushälterin springt aus dem Auto, will helfen. Gemeinsam versuchen sie, das Tier auf die Beine zu stellen, und verletzen sich beide an dem Stacheldraht, auf dem das Rind liegt.
Die beiden Nachbarsbuben kommen mit ihren Fahrrädern vorbei, sehen das Malheur, werfen ihre Räder auf den Weg und ziehen – noch im Laufen – ihre Fahrtenmesser aus dem Hosensack.
„Die hat 's blaht", schreit der Ältere, „wart, wir helfn dir die Kuh stechn!"
„Nein", sagt mein gescheiter Mann, „i glaub, die hat was anders!"
Währenddessen warte ich zu Hause wie auf Kohlen: wo bleiben die beiden bloß – ich muß dringend in die Sprechstunde!
Ich sage zu meiner Tochter: „Schau, wo der Papi bleibt – i muß doch weg!"
Sie macht sich auf die Suche, findet den Papa und sieht dann das Rind auf der Weide liegen, umstanden von den ratlosen vier anderen, und das Rind hat schaumigen Speichel vor dem Maul.
„Mei, die Arme kriegt ja kei Luft mehr!" sagt sie mitleidig und fährt mit ihrer vom Spielen zerschundenen Kinderhand dem Rind ans Maul, um den Speichel wegzuwischen. Und sie ist so flink dabei, daß die anderen mit dem Zurückhalten zu spät kommen. Sehr schnell ist uns klar, daß das Rind an Tollwut

In der Praxis

erkrankt sein muß, möglicherweise von jenem tollwütigen Fuchs vor vier Wochen gebissen. Pflichtgemäß verständigen wir den Amtstierarzt, der auch tatsächlich am geheiligten Samstag kommt und entscheidet, daß wir das Tier von den anderen isoliert zu beobachten haben, da er bis jetzt noch nicht ganz sicher sein könne, ob es Tollwut, eine schwerwiegende Diagnose, sei.
Von meiner Praxis aus versuche ich noch am Samstag für fünf Personen Impfstoff zu bekommen.
Am Sonntagmorgen, einem wunderschönen Sommertag liegt das arme Rind todkrank, krampfgeschüttelt mit schaumigem Speichel vor dem Maul, den es wegen der fortgeschrittenen Lähmung nicht mehr runterschlucken kann, in der prallen Sonne. Es ist ein schrecklicher Anblick. Das einzige, das wir tun können: wir stellen einen schattenspendenden Sonnenschirm über das Tier.
Spaziergänger aus der Stadt läuten Sturm an der Haustüre: „Ihr Saubauern, ihr Tierquäler, ihr verrecktn – anzeign werdn wir euch – verdammte Tierquälerei ist das!"
Am Spätnachmittag des Sonntags kommt der Amtstierarzt endlich wieder und erklärt das Krankheitsbild für eindeutig. Und er erlaubt uns, das Rind von seinem Leiden zu befreien.
Mein Drama aber beginnt erst jetzt – bei der Impfung meiner Lieben: vier Menschen lehnen mit Leidensmiene und tiefgekränkt ob meiner schieren Grausamkeit nebeneinander am häuslichen Küchenbüfett, mit hochgezogenen Hemden oder Blusen, das Hosentürl leicht geöffnet. Und ich schreite zur Tat – zur Impfung. Der ältere Nachbarssohn zuerst: er streckt den Bauch ein bisserl heraus, gibt sich größte Mühe, heldenmütig dreinzuschauen; epileptisch zuckend, aber wortlos verbissen nimmt er die Spritze entgegen.
Dann der jüngere Bruder: fest hält er seinen Kinderbauch umklammert, weint herzzerreißend und erklärt, während ihm dicke Tränen über die Backen kullern: „Mei, des überleb i gwiß net!"
Daneben meine Tochter: lauthals und wutentbrannt schreit sie: „Du willst meine Mama sein? Eine Rabenmutter bist du, eine ganz grausame! Und i mag di aa nimma!"
Als letzte die Haushälterin. Mit grollender Stimme sagt die: „Also, was z' vui is, is z' vui! Was i da alls mitmachn muaß, naa, des geht z' weit! – I kündige!"
Mein Ehegespons aber erklärt kategorisch, er stelle sich keinesfalls in diese Reihe, denn schließlich sei er Privatpatient und verlange besondere Behandlung. Also, laß ich ihm die angedeihen: abends, als er zu Bett will, komme ich mit der Spritze. Unglaublich, zu welchem Hochleistungssprinter dann mein lieber Ehegemahl wird: im wehendem Hemd, Unterhose in der Hand, geht es beim Badezimmer hinaus ins Schlafzimmer, hurtig über die Betten weg, bis ich ihn endlich in irgendeiner Zimmerecke wenigstens am Popo zu fassen kriege.
Dieses Spiel läuft mehrere Tage völlig gleich ab. Dann behauptet mein Ehemann, mit seinem geschwollenen Hintern keinesfalls mehr sitzen und arbeiten zu können – und verschwindet zur Jagd in den Wald. (Übrigens war es vorauszusehen gewesen, daß Tollwutimpfung, in das feste Gewebe des Gesäßes gegeben, weit mehr Schmerzen verursacht als in das lockere Fettgewebe des Bauches.) Aber überlebt haben die Impfung alle und die Haushälterin hat nach vielem gutem Zureden dann – Gott sei Dank – doch nicht gekündigt.

Das verräterische Röntgenbild

In den Sprechzimmern vieler Arztpraxen hängt repräsentativ der Schaukasten für Röntgenbilder. Es beeindruckt Patienten ungemein, wenn sie an der beleuchteten Milchglasscheibe ihr eigenes Konterfei gezeigt bekommen und der Doktor erklärt, wo es überall und wie weit es fehlt.
In meinem Sprechzimmer hing auch so ein Kasten. Aber jetzt nicht mehr: ich habe ihn in das Röntgenkammerl verdammt, wo ich mir die Bilder allein anschauen kann.
Und das war der Grund für den Umzug des Schaukastens:
Der Huberbäck sitzt bei mir und erklärt, daß es bei ihm doch schon recht weit fehlen müsse, wo ihm nicht einmal die Jagd mehr Freude mache! Und dabei habe er doch gerade heuer allen Grund zur Freude: die Rehböcke haben „fei sakrisch guat" auf! Aber wenn er auf seine Jagdhütte hinaufsteige, dann gehe ihm „der Schnauferer" aus und nichts freue ihn mehr.
Ich sehe durchaus ein: beim Huberbäck muß es schon weit fehlen! Nicht einmal mehr die guten Rehböcke interessieren ihn! Schlimm! Während ich mit dem Huberbäck über Diagnose und Therapiemöglichkeiten spreche, kommt Schwester Hilda ins Zimmer, geht an den Schaukasten, beleuchtet ihn und hängt ein Röntgenbild dran. Dann sagt sie: „Der Patient liegt schon auf dem OP-Tisch und ist sehr ungeduldig!"
Gehorsam stehe ich vom Schreibtisch auf und schau mir das Röntgenbild an: kräftige, gesunde Unterschenkelknochen, doch der Schattenriß der Weichteile ist übersäht von weißen Körnchen. Dieses schöne Röntgenbild gehört einem Dauerpatienten, der seit drei Jahren in unregelmäßigen Abständen in die Praxis kommt, wenn es wieder einmal soweit ist. Er hat eine Ladung Schrotkörner im linken Unterschenkel und von Zeit zu Zeit gerät eines davon an die Oberfläche, unter die Haut, entzündet sich und will heraus. Über das Ereignis, wie die Schrotkörner in das Bein hineingekommen sind, wird kein Wort gesprochen: nur unausgesprochene Gedanken sind frei!
Ich bitte den Huberbäck, mich für kurze Zeit zu entschuldigen und verschwinde im OP-Raum. Das Röntgenbild am Schaukasten habe ich vergessen.
Zu sagen wäre noch, daß unten, knapp über dem Rand jedes Röntgenbildes der Name des Patienten steht – wie sonst sollte man wissen, zu wem das Bild gehört?
Ich bin also im OP und „montiere" gerade ein Schrotkügelchen heraus, als die Tür aufgerissen wird und wütend und brüllend – mit hochrotem Kopf – der Huberbäck hereinstürmt. Er schreit wie ein Stier.
„Jetzt hab i di, du Saukerl, du dreckiger! Du warst des, der bei mir allerweil gwildert hat und aa no so ausgschamt war, daß er hernach in mei Hüttn einbrochn is und mein guatn Obstler gsoffn hat! Mei, Bürscherl, jetza ghörst mei!"

Eine ungeheuer turbulente Szene entwickelt sich: mit blank gezogenem Skalpell muß ich dazwischen und nur mühsam kann ich den Huberbäck zum Rückzug bewegen.
Erst später und zurückgekehrt in mein Sprechzimmer kann ich den Huberbäck fragen, woher er denn so genau wüßte, daß ausgerechnet der Heini bei ihm gewildert und eingebrochen habe.

Bereits wieder verschmitzt lächelnd erzählt er: „Ja, woaßt, Doktrin, durch dei Röntgenbuidl hab i des erfahrn! – Wie i gmerkt hab, daß der Hund allerweil bei mir einbricht und mein Schnaps sauft, hab i halt an Selbstschußapparat montiert. Direkt auf des Regal hin, wo der Schnaps gstandn is. Ah, i woaß scho, des is a bisserl nebn da Legalität, aber was willst, des Schnapssaufn war 's aa!

Also der Depp is do tatsächli wieder kemma und hat die volle Ladung in d' Haxn gkriagt, wie er saufn wollt.
Aber der Hund, der boanige, is net liegnbliebn! – Alls war voller Bluat in da Hüttn – aufputzn hab i aa no müssn – und er selm war auf und davo! Aber dei Röntgenbuidl hat 's mir gwiesn!"
Seither hängt mein Schaukasten in der Dunkelkammer.

Die Jagdvergabe

Die Neuverpachtung einer Gemeindejagd ist eine wichtige Angelegenheit, viel wichtiger als die Wahl der Gemeinderäte und so gewichtig, daß sich an ihr die Geister scheiden und andauernder Familienzwist entstehen kann.
In der Nachbargemeinde steht eine Neuverpachtung an. Als Jagdgenosse bin ich zur Wahl in die Gastwirtschaft geladen worden.
Ein Patient, der Grasberger-Peter, hat mich mit einer Verletzung in letzter Minute aufgehalten. Ich komme ein wenig zu spät. Dicke Schwaden von Zigarrenrauch und Bierdunst schlagen mir entgegen, als ich in die Wirtsstube komme. Nachdem meine Augen den Nebel endlich durchdringen können, sehe ich den alten Berner mir lebhaft zuwinken und auf einen leeren Stuhl an seiner Seite deuten. Ich halte es aber für klüger, den Berner zu übersehen, denn ich weiß, daß der alte Berner sich für seinen Sohn um die Jagdpacht bemüht und ich mich keinen Zwängen aussetzen will. So setze ich mich lieber an den Tisch vom Stamminger, vom Sailer und vom Huberbäck, der seine Jagd in den Vorbergen hat. Vom Nachbartisch grüßt mich der Grasberger-Peter, der kurz vor mir – auch verspätet – eingetroffen ist: er grüßt mit hocherhobenem und frisch eingebundenen Daumen.
„Aber", schreit der Lenz mit seiner kräftigen Stimme über die Köpfe der anderen hinweg in Richtung des Jagdvorstandes, „wir müssn scho an andern Jager habn, da Peter hat die Reh ja direkt zücht! Mir habn s' die ganze Schonung dafressn, die Sauviecher! Naa, der Wildschaden! Des is z' vui – beim Waldsterbn no dazu – da werd er ganz schö blechn müssn, da Peter!"
„Geh, hab di net gar so, Lenz!" schreit ebenso kräftig der Sailer neben mir. „Hättst deine Zäun a bisserl in Ordnung ghaltn, net an solchn Saustall ghabt, nachher hätt 's Wild net an deine mickrign Bäumerl könn!"
„Mickrige Bäumerl mag er sagn! Ja, den schau o! I gib 's dir glei! Des is der saure Regen und die Sauviecher vo Reh! Da kann i nix dafür! Aber dein Verhau dahoam, den schaugst zerst o – dei Schupfn fallt ja scho glei zamm und da brauchst gwiß koan sauren Regen dazua!"
Dem Sailer schwillt der Hals, das Gesicht färbt sich dunkelrot und vom Stuhl reißt es ihn auch hoch.
„Geh, hock di wieda hi!" sagt beruhigend der Huberbäck.
Auf einmal das hohe, zirpende Altmännerstimmchen des Maien-Anderl aus der hintersten Ecke der brechend vollen Wirtsstube, hoch über den rauhen Stimmen der anderen schwebt das fragende Gsangl und muß von allen gehört werden: „Wia is des nachher, Herr Jagdvorstand? Bitt schön, am Berner sei Bua möcht d' Jagd habn, aber zahln können s' net, gellja, san halt a bisserl obagschwommn, hihi! Und was hast gsagt? A Weiberts wolln s' dazuanehmn zur Jagd? A Zuawizogne vielleicht gar, a depperte, weil s' zahln will bei dene?"

Jetzt werde ich hellhörig! Davon habe ich bisher nichts mitbekommen: eine neu zugezogene Frau als zahlender Jagdgast?
„Mei, Mannder", läßt sich der Baß des dicken Meier hinter mir vernehmen: „I sag 's euch, reißts euch zamm! D' Weiber san im Vormarsch!" und eine wuchtige Hand haut mir überaus wohlmeinend und schwer auf die Schulter.
„Ja, Anderl, die Frau von Zickleben is a Jagerin und bewirbt si als Mitpächterin für die Jagd!" sagt der Jagdvorstand.
„Ja, da schau her!" zirpt der Anderl mit Fistelstimme. „I kenn des Weiberts ja gar net! Da kunnt 's scho sei", sinniert er weiter, „daß i s' abführn tät, wann i s' mit'm Büchserl otreffat!"
Und als alle ein anzügliches Lachen hören lassen, sagt der Anderl ein bisserl beleidigt: „Noja, i mein, als Wilderer tät i s' abführn! I kenn s' ja net!"
„Mechstas sehn, die Frau Baronin, Anderl?" fragt der Schriftführer. „I brauch s' bloß orufn, nachher kimmt s' und laßt si oschaugn!"
„Naa!" wehrt der Anderl ab und seine Stimme geht in der lauten Heiterkeit der anderen fast unter. „De soll nur dahoam bleibn, die Zuwizogne. I mein, wir brauchn s' vielleicht do net!"
„Also", meldet sich der Leitnerbauer zu Wort, „ i mein, wir solltn die Jagd do wieder an Peter gebn. Schiaßn tut er sauber, zahln tuat er guat, macht ja aa gnua Geld mit seine Landmaschinen. Und von wegn dem Wildschadn und dem sauern Regen – koana vo euch Waldbauern räumt sein Wald no gscheit auf, klaubt des alte Glump zamm und deshalb habts an Borknkäfer drin! Der macht alls hin und net die paar Reh, die no rumlaufn und für die ihr so an hohn Pachtschilling wollts! Mannder, halts euch zruck: wenn koane Reh mehr da san und koa Wald aa nimma, nachher is' aa aus mit'm Pachtschilling!"
Empörung, die an Aufruhr grenzt, macht sich laut. Alle sprechen durcheinander und ich höre nur noch Wortfetzen.
„Recht hat er!" schreit einer. „Zahln tuat da Peter guat, an hohn Pachtschilling hat er wieder obotn und an neuen Spritzenwagen für die Feuerwehr aa . . . "
„ . . . und 's Spritznhäusl brauchat aa 's Richtn!" brüllt ein anderer.
„I pfeif auf'n Spritznwagn! I brenn net ab, höchstens auf! Und überhaupts, 's Geld in da Taschn is mir eh liaba!"
„A Weiberts in da Jagd! Des is gwiß nix, die soll bei ihrane Kochtöpf bleibn!" läßt sich ein Weiberfeind hören.
Über all dem Durcheinander grinst mich verständnisheischend der Grasberger-Peter an. Er steht von seinem Tisch auf, zu voller Länge erhebt er sich und weist mir wieder seinen hocherhobenen, linken Daumen, den frisch verbundenen, der jetzt ein bisserl durchgeblutet ist. Er schreit mir etwas zu, ich verstehe aber in dem Lärm nichts.
„ . . . gellja, vastehst scho, Doktrin!"
Aber ganz etwas anderes verstehe ich: Der Grasberger-Peter ist noch niemals als Patient bei mir gewesen. Gerade am Abend unmittelbar vor der Jagdversammlung ist er noch schnell zu mir gekommen mit dem blutenden Daumen. Angeblich hatte er sich – ausgerechnet jetzt – mit einem Hammer auf den Daumen geschlagen, aber die Schilderung des Unfallhergangs ist recht dunkel gewesen und mir ist auch nicht klar geworden, was ausgerechnet der Grasberger-Peter mit einem Hammer zu tun haben wollte, der mit seinen beiden linken Händen! Und wie ich den blutunterlaufenen Nagel entfernt und die Wunde genäht hatte, da hat er doch zu mir gesagt: „Aba jetza nachher auf d' Jagdversammlung gehst scho hin, gellja? Wo 's do auf jede Stimm draufankommt! Und du stimmst do für mi, gellja, wo mir des jetzt mit dem blödn Dauma passiert is – grad jetza!"
Der Jagdvorstand muß sich mit einer über dem Kopf geschwungenen Kuhglocke Gehör verschaffen.
„Leut, setzts euch hin, verdammt no amal! Und jetzt wird gwählt, bevor ihr no mehr bsoffn seids! Hörts, jeder kann do wähln, wia er will! Geheim! Jeder kimmt zu mir her, aber einzeln, bitt schön, und wann i sein Nama aufruf und jeder kriagt sein Stimmzettl und kann dann sei Stimm an Grasberger oder am Berner gebn. Jeda, wia er wui, aba jetzt seids stad – oda i laß net wähln!"
Die Wirtsleut kommen mit frischen Bierkrügen und ein wenig mehr Ruhe kehrt ein. Der Jagdvorstand ruft dem Abc nach die Namen zum Wahlgang auf.
Wir sind mit der Aufrufung der Namen mit dem Anfangsbuchstaben N beschäf-

tigt, als die Wirtin eilends und schrekkensbleich in die Gaststube kommt und sich bis zu meinem Tisch durchdrängelt: „Frau Doktor, bitt schön! Kommn S' glei zum Herrnklo! 's pressiert!"
In der Herrentoilette halten vier gestandene Männer gewaltsam einen jungen Mann fest, der als arger Raufer bekannt ist. Nennen wir ihn Sepp! Der Sepp schreit, flucht, tobt und stößt mit den Beinen. Die vier haben alle Hände voll zu tun.
Der Gruppe gegenüber steht blaß und stumm der junge Berner und hält mit seiner linken Hand den rechten Unterarm umklammert und starrt seine Hand an. Zu seinen Füßen ein kleinerer Blutsee.
„Du blöder Hund", schreit der Sepp, „du bist sogar zum Raufn z' deppert! Drischt in die Glasscheibn eini! A Wunder, daß d' überhaupts die Rehböck triffst! Bloß jagern willst, aber 's Maul net aufmacha, daß d' Jagd habn willst! Da muaß dei Alta redn! Muaß dei Alta aa zu de Madln geh, weilst du a z' großer Kirchi bist, he? Du Rindviech, du saublöds . . .!"
Eine Menge Glasscherben liegen am Boden und das Milchglasfenster der Schwingtüre zur Herrentoilette ist zersprungen: die beiden Jungmänner haben die Diskussion um die Jagdverpachtung auf der Toilette fortgesetzt, handgreiflich, und der junge Berner hat mit der Rechten zuschlagen wollen, der Sepp aber ist geschickt ausgewichen und die Rechte ist voll durch die Glasscheibe gegangen.
Wir umwickeln den verletzten Arm mit frischen Handtüchern, dann packe ich den jungen Berner ins Auto und fahre ihn in die Praxis: für uns beide ist die Jagdversammlung zu Ende! Mehrere Strecksehnen der Hand sind durchtrennt, ich habe Arbeit bis weit über Mitternacht.
Vielleicht plagt den Sepp doch das schlechte Gewissen oder die Neugierde, jedenfalls geht er am Ende der Wahl noch zum Bernerhof hinauf, umschleicht das Haus und als alles dunkel und ruhig bleibt, holt er aus der Scheune die nagelneue und knallrot angestrichene Leiter und lehnt sie an das Fenster im ersten Stock, von dem er annimmt, daß dahinter das Schlafkammerl des jungen Berner ist. Aber da das Kammerl noch leer ist, legt der Sepp die Leiter um, nachdem er hinuntergeklettert ist und will sie eigentlich wieder in die Scheune zurückbringen, aber er hat sie noch so kommod auf der Schulter, als ihm einfällt, daß er noch keinesfalls schlafengehen mag. So geht er mit der Leiter auf der Schulter ins Dorf zurück und steigt bei seiner Zenzi ein.

Der Grasberger-Peter hat seinen Sieg und die Wiederverpachtung der Jagd ausgiebig mit einigen Freunden begossen und macht sich erst frühmorgens zu Fuß auf den Nachhauseweg. Als er an Zenzis Haus vorbeikommt, erkennt er die dort angelehnte Leiter sofort wieder: erst vor kurzem hat er sie selber dem alten Berner verkauft.
„Und jetza muaß er si tröstn, daß er d' Jagd net gkriagt hat! Und des bei der Zenzi! Die wird si freun – der alte Saubär, der grausliche!" denkt er in seinem Suff: „Wart nur, i zeig 's dir scho, kannst schaun, wia d' obakimmst!" Er kippt trotz biervollem Kopf und verletztem Daumen die rote Leiter, lädt sie sich auf die Schulter und trägt sie zurück – bis zum Nachbarn des Berner. Dort lehnt er sie unter irgendein Fenster des ersten Stocks.
Allerdings kann niemals in Erfahrung gebracht werden, ob der Grasberger in seinem Suff den Nachbarhof mit dem des Berner verwechselt hat oder ob es Absicht war.
Voll zufrieden mit sich, seinem Erfolg und seiner Tat wankt der Grasberger nach Hause. Im Daumen klopft es.
Der alte Berner steht frühzeitig auf, holt den Traktor mit dem Mähwerk aus dem Schuppen und fährt auf die Wiesen, um Gras zum Füttern zu holen. Als er am Nachbarhof vorbeifährt, sieht er seine Leiter.
„So a Kerl der Bua!" denkt er stolz. „Jetza hat er 's endli kapiert, daß d' Jagd do net alls is und wir die Mari so guat als Jungbäurin brauchn kanntn!"
Und als er mit dem Hänger voll Gras nach geraumer Zeit und bei hellem Sonnenschein zurückkehrt, steht die rote Leiter immer noch da.
„No, no, so übertreibn braucht da Bua aa net! Des Madl wird ja ausgricht!"
Deshalb stoppt er den Traktor, kippt rasch und leise die Leiter und wirft sie auf seinem Hänger auf den Grashaufen.
Seinen Sohn sieht der alte Berner erst nach der Stallarbeit, als er zur Brotzeit in die Küche kommt. Da hockt der Bursch mit dickem Kopf, die eingegipste Hand unter dem Tisch versteckt, und macht einen trübsinnigen Eindruck. Der Alte kratzt sich am Kopf und sagt hochachtungsvoll und bedauernd zugleich:
„Sakra, sakra, Bua, so grawotisch hättst es aa net packn brauchn, die Mari! Mei, so guat hättn wir jetza d' Jagd brauchn könna, wo i jetzt dann do mehra Zeit zum Jagern hätt, wannst du die Mari heiratst!"

Umleitungen

Ich bin zur Entenjagd eingeladen, genauer gesagt, mein Hund ist eingeladen und ich darf mitgehen, weil er ohne mich die Arbeit verweigert.
Der Jagdherr stellt die Jäger auf einer Seite der Loisach auf und meinen Hund und mich ganz unten flußabwärts, damit wir die geschossenen und flußabwärtstreibenden Enten bergen können. Die Loisach hat hier eine starke Strömung und nur ein erfahrener, kräftiger und äußerst wasserfreudiger Hund kann hier erfolgreich arbeiten: Beppo ist genau diese Art Hund.
Und er ist großartig: er arbeitet vollkommen selbständig. Vom Steilufer aus beobachtet er den Fluß, sieht er eine Ente kommen, springt er mit einem gewaltigen Satz ins Wasser und berechnet anscheinend irgendwie Strömungsgeschwindigkeit und Entfernung der Ente vom Ufer, um zum genau richtigen Zeitpunkt in Höhe der Ente zu sein. Die Ente im Fang schwimmt er dann ans Ufer und ich muß mich mit dem Bauch auf die Steilböschung legen, damit ich Beppo helfen kann, sich heraufzuziehen. Und damit ich selbst kein Übergewicht kriege, ist mir der alte Jakob zur Hilfe mitgegeben worden: er soll mich an den Beinen festhalten und mich nicht ins Wasser stürzen lassen.
Ente um Ente holt Beppo aus dem Wasser, es ist schön, es ist wunderbar, aber ein nasses Geschäft für den Beppo und für mich auch.
Später fängt es dann auch noch zu regnen an und der Jakob hängt sich seine Kotze um.
„Sakradi, jetza muaß i aber dringend", sagt er, packt seinen Bergstecken unter die Kotze, fummelt ein bisserl drunter herum, stellt den Stecken noch ein bisserl schräger und auf einmal – während der Jakob einen abwesend-glasigen Blick kriegt – rinnt es schön still am Steckerl entlang: ein kleines, dampfendes Lackerl entsteht am Steckerlende.
Der Beppo kommt schon wieder angeschwommen.
„Jakob, geh weiter – hilf mir – halt mi doch!"
„I kann do net – i muaß grad umleitn!"
„Was muaßt?"
„Umleitn – i kann do nimmer gscheit bieseln in meim Alter – bloß no zinserln und nasse Füß muaß i net aa no kriagn, regnt eh scho gnua!"
„Jakob", kann ich noch schreien und dann falle ich mit Hund und Ente ins Wasser. „Siehgst as, jetza bin bloß i no trockn", sagt der Jakob ungerührt, während er den Hund und mich tropfend ins Gasthaus bringt. Die Wirtin selber schleppt Frottiertücher für den Hund und mich heran und reibt mich sogar noch trocken. Dann gibt sie mir frische Sachen zum Anziehen. Und weil wir einen Mordshunger haben, steuern der Beppo und ich auf die Wirtsstube zu.
Doch da packt mich die Wirtin am Ärmel: „Halt – zum Schüssltreibn derfn S' no net – zerst muaß i Eahna no a bisserl umleitn – in d' Nebnstubn, bitt

Entenjagd an der Loisach

schön – da Andi tät Eahna brauchn!"
Auf dem Ofenbankerl in der Stubn hockt der Andi blaß, käsig und „ganz dado".
Um einen Oberschenkel hat er – über die Hose – ein blutiges Handtuch gewickelt, verzweifelt hält er sich am Bierkrügel fest.
„Andi, was is denn dir passiert?"
„Ah, der blöde Hund, der nixige! Ins Wasser wollt er net! A Steckerl wollt i abschneidn, um eahm a bisserl Füß z' macha, aba i bin mit 'm Messer ogrutscht und mir is' in Haxn nei."
Wie der Andi das erzählt, höre ich ein komisches, schlürfendes Geräusch: ich schau unters Ofenbankerl; da liegt dem Andi sein Cäsar und hält das offene Maul direkt unter den bluttriefenden Verband, schluckt genußvoll den tröpfelnden Saft.
Jetzt wandert auch Andis Blick hinunter, zwischen seinen Beine hindurch unters Ofenbankerl, aber nicht lange, weil es ihn dann umhaut: schön still wie eine Leiche liegt er auf dem Bankerl.
Wir lassen ihn gleich so liegen, die Wirtin hilft mir, ihm die Hose auszuziehen, und ich kann die Wundversorgung in Angriff nehmen, nachdem die Wirtin dem Cäsar was zu fressen gegeben hat.

’s Marterl

Mitten in unserer Gemarkung, unter einer mächtigen, zweihundert Jahre alten Linde steht ein Marterl. Wenn man ein bisserl in die Hocke geht, kann man unter den Lindenzweigen durchlinsen und schaut direkt auf die Zugspitze, die Alpspitz und das Ettaler Mandl. Und rechts davon schimmert der See durch die Zweige. Ein schönes Plätzchen, gewiß wahr! Und das Marterl ist auch schön: aus Feldsteinen der gemauerte Sockel, das Marterl selbst ist ein schmiedeeisernes Kreuz mit vielen barocken Schnörkseln und einem Taferl in der Mitte mit einem Spruch drauf. Sogar eine Jahreszahl ist draufgeschrieben, aber die kann kaum einer lesen, weil sie mit römischen Zahlen geschrieben ist. Der Efeu hat den Sockel fast verschwinden lassen und jetzt streckt er seine gierigen Finger nach dem Marterl selber aus.
Das Taferl war schon arg verrostet und der Spruch fast nicht mehr zu lesen. Deshalb haben wir das Marterl abmontiert und zu einem Kunsthandwerker in die Kreisstadt zum Restaurieren gebracht. Und sauber hat der Restaurator seine Arbeit gemacht, richtig schön! Und weil wir nicht gleich Zeit gehabt haben, das Marterl wieder an seinem Platz zu montieren – schön golden und rot und ein bisserl grün glänzend und mit einem neuen Kupfertaferl versehen – ist es im Büro gestanden, an die Wand gelehnt.
Wie ich noch in der Praxis war, ist ein Viehhändler aus dem Niederbayrischen gekommen und hat im Büro mit meinem Mann verhandelt, weil er uns unbedingt Viecher abkaufen wollte: haben wollte er sie unbedingt, aber zahlen wollte er halt nichts oder fast nichts. Während der harten Diskussion hat der Händler immer wieder in die Ecke geschaut, in der das Marterl lehnte. Arg unsicher ist er geworden, hat seinen Hut zwischen den Fingern umeinandergedreht und war recht abgelenkt von der Verhandlerei, was gar nicht so schlecht war. Aber nach einer Weile hat den Händler die Neugier doch ganz furchtbar gedrückt, und er hat fragen müssen: „Sag, is gstorben dei Alte? – Aba gellja, kondoliern muaß i dir net – so arg traurig bist ja scho net!“

Der Spruch auf dem Marterl lautet:

Hier
liegt mein Weib,
Gott seis gedankt,
bis in das Grab
hat sie gezankt,
drum lieber Wanderer,
lauf schnell von hier,
sonst steht sie auf
und zankt mit dir.

Sherlock Holmes, hilf!

Ein Sommermorgen voller Licht und Glanz, auf den Wiesen summt es vor Lebensfreude, ein Tag wie geschaffen, um ihn in den Wiesen zu verträumen, um das Gras wachsen zu hören. Und ich muß in die Sprechstunde!
Widerwillig zieh ich mein Dirndl über und schlüpfe barfuß in die Sandalen. Da klingelt das Telephon: ein aufgeregter Jagdpächter ist am Apparat.
„Frau Doktor, bitte, kommen S' schnell! I glaub, mei Jagdgast liegt tot in der Wiesn!"
Ich stelle die obligatorischen Fragen: Wie, wo, was?
„Gestern abend is mei Jagdgast zum Ansitz ins Erlenmoos gangen. Weil er si gestern abend net wie sonst zruckgmeldt hat, hab i heut fruah nachgschaut und sei Auto am End vom Feldweg zum Huberacker stehn sehn. I bin dann zum Hochsitz auf'n Röhrnberg 'nauf, vo wo aus man ins Erlenmoos abischaut. I glaub, i hab dort an ganz an Staaden liegn sehn – mein Jagdgast. I glaub, er is tot! Näher bin i net hingangen!"
„Gut, i komm sofort. Verständigen S' aber, bitt schön, die Polizei, sie soll kommen, wir treffn uns am abgstelltn Wagn!"
„Wissn S' denn, wo da Huberacker is und wia ma vo do zum Erlnmoos kimmt?"
„I glaub schon, daß i mich zrecht findn werd und i kann die Polizei führn!"
Als ich in den Feldweg einbiege, sehe ich den Polizeiwagen hinter dem Auto des Jagdgastes halten und als ich Anstalten mache, meinen Wagen hinter dem der Polizei einzuparken, bedeutet mir ein Polizeibeamter sehr energisch, daß ich weiterfahren soll. Ich kurble das Fenster herunter und der Beamte sagt: „Fahrn S' weiter, hier gibt 's nix zum sehn, fahrn S' zua!"
„I bleib hier, denn schließlich wartn Sie auf mich!"
„Wir wartn auf'n Arzt!"
„Sicher, der bin ich!"
„Sie . . .?"
Welche Enttäuschung und welche Verachtung!
„Sie wolln der Arzt sei, der uns angfordert hat?"
„Ja! – Also gehn wir, i führ Sie ins Erlenmoos!"
Dabei bin ich mir gar nicht so sicher, daß ich den Weg auch finden werde: Sherlock Holmes, hilf!
Ich führe die beiden Polizisten am Acker entlang und weglos durch den Wald, der noch immer morgendlich kühl und dämmrig ist. Als wir aus dem Wald heraustreten, empfängt uns der feuchte Schilfgürtel, der sich im Halbbogen am Wald entlangzieht.
Ich beginne um meine Sandalen zu bangen. Dann erreichen wir den Bachrand und der eine Polizeibeamte hält mich plötzlich am Arm zurück:
„I kann den Mann in der Wiesn liegn sehn! Jetzt gehn wir voran – wegen eventueller Spurensicherung!"
Dann springen die beiden Polizisten über den Bach und die Pistolentaschen schlagen auf den Hüften auf. Niemals könnte ich so über den Bach springen

und mit der schweren Arzttasche schon gar nicht. Also ziehe ich meine Sandalen aus, nehme sie in die freie Hand und plantsche durch den Bach.
Sehr langsam und sehr aufmerksam pirschen wir uns näher durch die sonnenflirrende Wiese zu der reglosen Gestalt.
Erst nach dem ausgiebigen Fotographieren darf ich an den einsamen Toten herantreten, bei dem keinerlei äußere Verletzung sichtbar ist, der friedlich und scheinbar gelöst – auf dem Rücken liegend – sich zwischen die blühenden Gräser streckt.
Einen Augenblick lang stehen wir stumm da, benommen von der Größe des Todes, der zwar immer und überall zuschlagen kann, aber hier in dieser blühenden, lebensvollen Sommerwelt besonders groß, seltsam und befremdlich wirkt. Die entsetzte Stimme des einen Polizeibeamten bringt mich in die Wirklichkeit zurück: „Aber da lauft ja allerweil no Blut aus der Nasn!"
Ich beuge mich über den Toten, horche ihn ab und suche nach den Anzeichen des Todes.
„Der Mann muß stehend und deshalb blitzartig gestorben sein, denn wie er hingfalln is, is er schon tot gwesn oder doch mindestens bewußtlos, denn sonst wärn Anzeichen von Abstützungsversuchen im Falln oder im Todeskampf zu sehn. Net amal das Gras nebn seine Händ is zerdruckt, d' Arm liegn locker an der Seitn. So schnell kann der Tod eigentli nur bei einer massiven Blutung eintretn – und weil alle andern Anzeichen fehln, nehm i an, daß den Mann ein Herzinfarkt dawischt hat."
„Aber des Blut aus da Nasn?"
Oh je, das Blut – warum nur? Ich grüble angestrengt und behaupte dann kühn: „Möglicherweise hat den Mann schon einmal ein Herzinfarkt 'troffn ghabt, den er aber überlebt hat. Nachher wird ihn sein Arzt neben anderen Medikamenten auf Antikoagulatien eingstellt habn, ein Mittel, das die Blutgerinnung verlängert und von dem man annimmt, daß es einen weiteren Herzinfarkt verhindern hilft. Dem da aber hat 's net gholfn. Aber sein Blut gerinnt allerweil no schlecht, drum kommt des Blut aus der Nasn. – Wenn meine Theorie stimmt", setze ich – noch kühner geworden – hinzu, „dann muß der Mann an Ausweis über die letzten Gerinnungswerte und seine spezielle Einstellung darauf bei sich tragn."
Die beiden Polizeigewaltigen blicken mich sehr zweifelnd an, durchsuchen aber dann doch die Brieftasche des Toten – und prompt fällt ihnen der rote Ausweis über die sogenannten Quickwerte in die Hände. Ich bin mächtig erleichtert und ein Bröserl Anerkennung blüht in den Augen der Polizei auf und deshalb fragt der eine – bedeutend freundlicher geworden: „Der Mann ist also net an am Unfall gstorbn, sondern an am Herzinfarkt, is des richtig?"
„Richtig!"
„Gut, aber wann is der Mann gstorbn?"
Oh weia, woher soll ich das wissen? Ich habe zwar schon viele Menschen sterben gesehen und manche Leichenschau gemacht, aber ich bin niemals Gerichtsmediziner gewesen und habe daher in der Todeszeitbestimmung keine Ahnung.
Bei dem Toten ist die Leichenstarre teilweise erhalten, teilweise aber schon wieder gelöst und der Mann liegt in der prallen Sonne – welche Zeitveränderung im Lösen der Leichenstarre bewirkt die Hitze? – Heiliger Bimbam! Ich weiß es einfach nicht! – Aber ich darf doch keinen Fehler machen, gerade hier nicht, oh Gott, oh Gott! Vielleicht komme ich mit dem Kombinieren weiter, wenn ich alle nur möglichen Anzeichen und Hinweise – auch wenn sie mit dem Toten nicht direkt in Zusammenhang zu stehen scheinen – berücksichtige? Sherlock Holmes, hilf!!
Erst jetzt sehe ich einen Meter zu Füßen der Leiche einen Jagdstuhl in die Wiese gerammt stehen und an diesem angelehnt ein wunderschönes Drillingsgewehr. Hilfeheischend greife ich blitzschnell vor der Polizei nach der Büchsflinte. Vielleicht kann diese mir in der Todeszeitbestimmung weiterhelfen! – Ich öffne das Kipplaufschloß der ordnungsgemäß gesichert abgestellten Büchse: drei Patronen stecken in den Läufen; eine Schrotpatrone, eine kleinkalibrige Kugel, die großkalibrige Kugel ist abgeschossen, die Hülse steckt leer im Lauf.
Ich nehme die Patronen heraus, um im Schloß nach Pulverschmauch riechen zu

können, der für eine erst vor relativ kurzer Zeit abgeschossene Kugel sprechen würde. – Pulverschmauch kann ich aber nicht mehr riechen!
Wenn ein Gewehrlauf, aus dem eine Kugel abgefeuert worden ist, über Nacht ungeputzt stehenbleibt, dann bilden Pulverschmauch und Feuchte der Nacht Rostflecken im Lauf. Darum schaue ich durch den abgekippten Kugellauf und sehe tatsächlich Rostflecken.
Mitten in meinen tiefsinnigen Überlegungen reißt mir der Polizist das Gewehr aus der Hand: „Was treibn S' denn da, um Gotts willn, Sie können Eahna ja verletzn!"
„Bei geöffnetem Kipplauf? – Naa, ganz bestimmt net!"
Knapp und barsch fragt er dann – ich habe sein Wohlwollen wieder verspielt: „Also, wann is er gstorbn?"
„Gestern abend zwischen 19 und 21 Uhr!"
Doch die Frage, warum der Mann am Abend noch einen Schuß abgegeben hat, dann seine Büchse gesichert und an den Jagdsitz gelehnt hat, läßt mir keine Ruhe. Sherlock Holmes, bitte hilf! Kombiniere noch einmal haarscharf, befehle ich mir selbst.
Es ist Hochsommer, Rehbrunftzeit! Am Abend hat der Jäger auf dem Ansitz ein Stück Wild geschossen, vermutlich einen Rehbock. Und er hat nur deshalb nicht mehr nachgeladen, weil er das geschossene Stück Wild im Schuß hat verenden sehen. Weil aber noch Schrot und die Schonzeitkugel in den Läufen steckten, hat der korrekte Jäger das Gewehr erneut gesichert. An den Jagdstuhl gelehnt hat er es stehen gelassen, nachdem er aufgestanden war, um zu dem Wild zu gehen, das er erlegt hatte. Da er von seinem Jagdsitz aus das Wild hatte verenden sehen, hat er die Waffe auch nicht mehr bis zum Wild mitnehmen wollen oder müssen. Er stand also nach dem Schuß auf, lehnte das Gewehr an den Sitzstock und – der Herzinfarkt ereilte ihn – sank tot ins Gras.
Absolut überzeugt von der Richtigkeit meiner Schlußfolgerungen fordere ich die beiden Polizisten auf, mit mir nach dem erlegten Rehbock zu suchen, der im nächsten Umkreis und in Sichtweite im Gras liegen muß.
Die Beamten weigern sich, meiner Spintisiererei Folge zu leisten, mein Ansinnen an sie läge weit außerhalb ihrer Kompetenzen. – Also lieber teures Wildbret vergammeln lassen?
Ich werde sehr zornig, denn ich bin mir mit einem Mal sehr sicher und ich weiß: die Rehbrunft läßt das Herz eines jeden Niederwildjägers höher schlagen!
Nach ganz kurzer Zeit schon erschallt der Ruf des einen Polizisten und ich laufe an den Rand der Lichtung, um den Fund zu begutachten. Und wahrhaftig: mausetot liegt hier ein Rehbock! Und was für einer: ein kapitaler!
Am Abend geschossen und nun seit Stunden der prallen Sonne ausgesetzt! Höchste Zeit, den Rehbock aufzubrechen, sollte das Wildbret nicht verderben. Also mache ich mich an das ungute Geschäft, denn dies ist den Herrn Polizeibeamten wirklich nicht zuzumuten und übersteigt ihren Fachbereich bei weitem.
Der Rehbock ist – wie schon gesagt – nicht nur ein guter, schußbarer Sechser, sondern hochkapital. Und dies ergibt das berühmte Tüpfelchen auf dem i: über den guten Schuß auf einen kapitalen Rehbock hat sich der Jäger zu Tode gefreut! Welch ein herrlicher Jägertod!

Damit könnte ich meine Geschichte beenden, aber sie hat noch ein Nachspiel!
Am nächsten Tag ist nämlich in mehreren Zeitungen mit dicker Balkenüberschrift zu lesen: „Kapitaler Rehbock geschossen – Jäger vor Freude tot!"
Und erzählt wird die Geschichte zweier Polizisten, die einen am Herzinfarkt gestorbenen Jäger gefunden und anhand der abgeschossenen Büchse einen kapitalen Bock geborgen haben.
Die tüchtige Polizei! Meine Existenz wird in den Zeitungsartikeln mit keinem Wort erwähnt – Gottlob.
Dennoch ruft mich die Witwe, die vom Leichenschauschein her meine Adresse erfahren hat, empört an und bezichtigt mich der Verletzung der ärztlichen Schweigepflicht. Nur mühsam kann ich ihr erläutern, daß die Polizei Geschichten an die Journalisten verkaufen darf: sie kennt keine Schweige-, nur eine Aufklärungspflicht.

Weitere Bücher mit Bildern von Josef Wahl

Helmut Zöpfl (Hrsg.)

Im stillen Dachauer Land

144 Seiten, Format 23,5 x 22,5 cm, 26 Farbilder
laminierter Einband, ISBN 3-89251-042-3

Kurt Faltlhauser (Hrsg.)

Im Münchner Westen

Von der Wies'n bis Aubing
120 Seiten, Format 23,5 x 22,5 cm, 16 Farbbilder
laminierter Einband, ISBN 3-89251-062-8

Hans Mayr

Alte bayrische Erde

Die schönsten Heimatschilderungen und Wanderbilder
Herausgegeben von Wolfgang Johannes Bekh
132 Seiten, Format 23,5 x 22,5 cm, 16 Farbbilder
laminierter Einband, ISBN 3-89251-075-X

Helmut Zöpfl (Hrsg.)

Winterzeit

132 Seiten, Format 23,5 x 22,5 cm, 16 Farbbilder
laminierter Einband,
ISBN 3-89251-120-9

Verlagsanstalt »Bayerland« Dachau